感触が唇に押し当てられる。
食べ滓を取ってくれる指ではない。
ソールの唇だ。

SHY NOVELS

何も言えない僕と懐中時計と恋の魔法

成瀬かの

イラスト 小椋ムク

CONTENTS

何も
言えない僕と
懐中時計と
恋の魔法

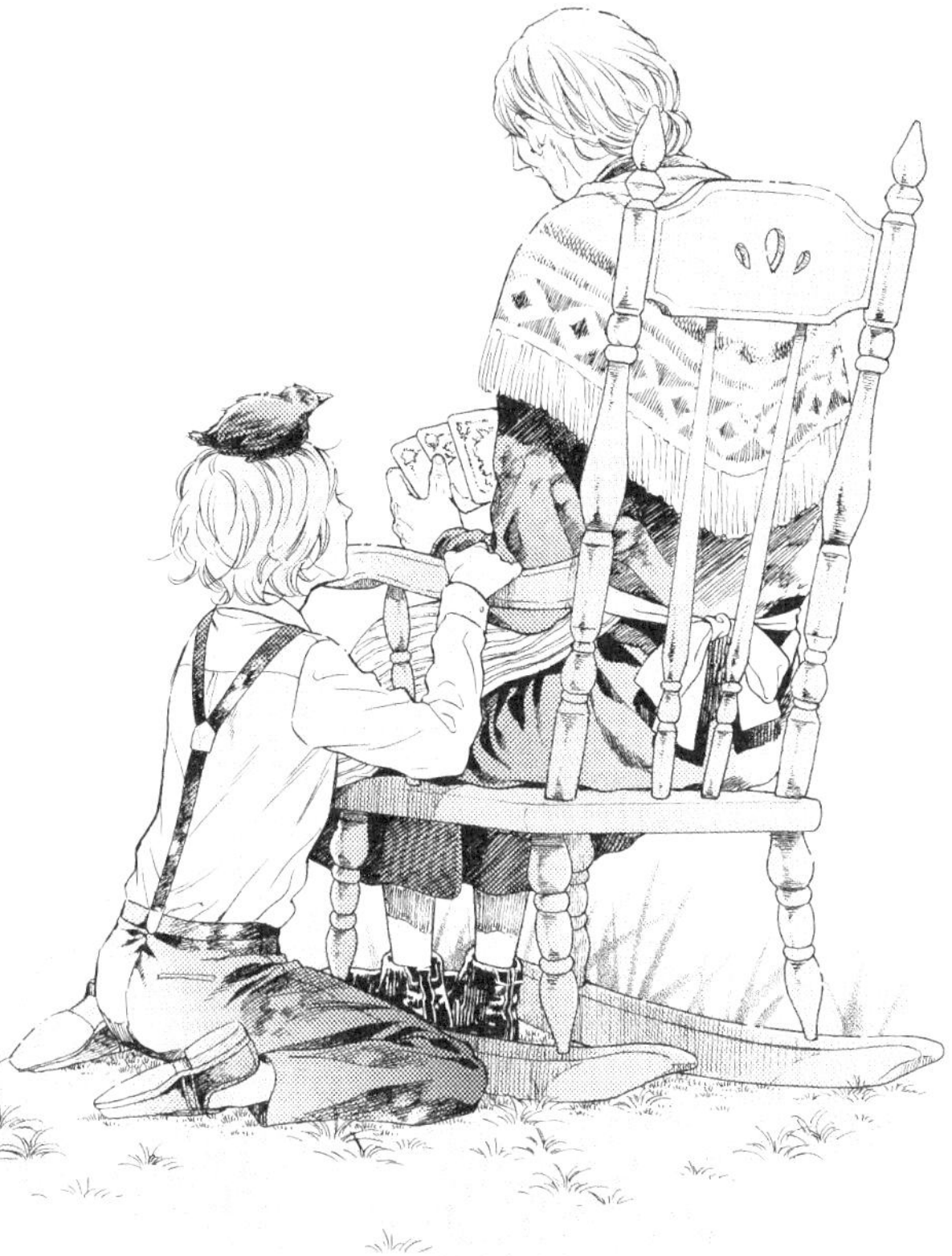

初夏の蒼穹《そうきゅう》を大鴉《レイヴン》が横切ってゆく。

古い屋敷の庭には白や黄色の薔薇《ばら》が物憂げに花弁を広げ、甘い香りを放っていた。芝生の上に出されたテーブルには、たっぷりとクロテッドクリームが添えられたスコーンやダンディケーキ、とっておきのティーカップが並んでいる。

眠気を誘うあたたかな陽差しの下、彼は他の子供たちと一緒に幼い瞳をきらめかせ、祖母《グラン・マ》の足下に座り込んでいた。頭の上には使い魔である鴉《からす》の雛《ひな》が止まっている。

くたびれたカードをめくり、祖母が目を細める。

——大丈夫、おまえはちゃあんと運命が定めた相手と巡り会う事ができるよ。

笑みを含んだ優しげな声に、子供たちがざわめいた。興奮した雛が麦穂色の髪を噛む。

——主《あるじ》、どんな子なんだろね。

雛の声は、他の者には濁った鴉の鳴き声としか聞こえない。だが彼にはちゃんと何を言っているのかわかった。幼いながらも彼は、自分で卵を孵《かえ》して育てたこの雛との間に強い絆を造り上げていた。人ではないけれど、この雛は彼にとってかけがえのない大事な友達だ。

——大きくなったら東へお行き。そして金糸雀《カナリア》を探すんだ。たくさんのものがおまえの目を惑わそうとするだろうが、騙《だま》されちゃいけないよ。自分の心に耳を傾ければきっと見いだせる。さあ、これをおまえにあげよう。誕生日の贈り物だ。

しゃらしゃらと心地よい音が祖母の手元から生じる。摘《つま》み上《あ》げられた鈍色の細い鎖の先には、年代物の時計が揺れていた。ゆらゆらと揺れる懐中時計を、彼は陶然《とうぜん》とした表情で受け取る。

――いい子だ。なくすんじゃないよ？　――ソール。

子供の頃の幸せな誕生日の記憶。

懐中時計を目にする度、彼は繰り返し思い出す。

あの頃、未来はきらきら輝く希望だけに満ちているように思えた。

お姫様を獲得しようとする己の前に立ちはだかる艱難辛苦《かんなんしんく》も見知らぬ国への旅立ちも、素敵な物語の一部に過ぎず、怖るるに足らない。

でも、現実は。

冷たいベッドの中、彼は碧《みどり》の瞳を見開き夜を見つめる。

無邪気でいられる時間は遠く過ぎ去って久しかった。

一体いつになったら欲しいものが得られるのか、彼にはわからない。

＋　＋　＋

とおくで、だれかが、笑っている。

「ん……」

重い瞼《まぶた》を無理矢理こじあけ、吉野千晴《よしのちはる》は昨日と変わらない景色をぼーっと見つめた。

薄暗い部屋の中でテレビが白々とした光を発している。最新のニュースを伝える男性アナウンサーの声を聞きながら、千晴は半分眠ったままタオルケットを押しのけた。毎朝設定した通り電源の入るテレビは千晴の目覚まし時計代わり。もう起きる時間だ。

眠いけど、起きなければ。あの人に会えなくなってしまう。

毎朝の楽しみを思い浮かべた途端、霧が晴れるように眠気が去った。

ベッドから出て手早くコーヒーメーカーをセットし、バスルームに入る。

シャツをたくし上げれば、見るからに貧相な細い腰が露《あらわ》になった。脱いだシャツを足下に落とし、千晴はしげしげと鏡の中を見つめる。

痩《や》せすぎ、とまではいかないが肉の薄い軀だった。

筋肉がまるでなく、雄らしい逞しさに欠けている。

「――ランニングとか、するべきかな。でも残業ばっかりで平日はそんな時間ないしなあ……」

ふわふわとした足取りでバスタブの中に入り、千晴は全身を入念に洗い上げる。揉み込んだオイルのせいだろう、顔のラインに沿うように伸びる素直な黒髪は乾かすと艶《つや》を増し、かすかにハーブの香りを纏《まと》った。

芳《かぐわ》しいコーヒーの香りでいっぱいになった部屋に戻り、スーツを着る。

鏡の前で全身をチェックし、理想には程遠いがそれなりに仕上がったと判断すると、千晴はビジネスバッグを抱えマンションを出た。五月の爽やかな風が艶《つや》やかな黒髪を掻き乱す。

落ち着かない気持ちを抑えつけ、澄ました顔でのどかな町並みを抜けてゆく。ちょうど通勤時間なので、駅に近づくにつれ同じ方向へと歩く人が増えてゆく。

――あ、いた。

住宅街が商店街へと切り替わる境目に、『時計屋』とぽってりとした可愛らしい書体で記された店があった。その裏手にある庭に、外国人の男が立っている。男は、こんなありふれた町の商店街の外れに住んでいるのが不思議なくらいの美形だった。

身長は千晴より多少高いくらいではあるが足が長く、恐ろしくスタイルがいい。顎《あご》のラインまで伸びる癖っ毛は、光の加減で茶色にも金色にも見える。色味の違う肌に高い鼻梁《びりょう》、それから碧《みどり》の瞳が魅力的だ。

――やっぱり、格好いいなあ……。

男は大きな鴉《からす》を連れていた。腕に黒っぽい布を巻きつけた上に止まらせている。

初めて見た時にはぎょっとしたが、別に野生の鴉を餌づけしているのではないらしい。構うのはよく慣れた一羽だけ。おそらくペットとして飼っているのだ。

男は話が通じるかのように鴉に話しかけている。色褪《いろあ》せた黒のロングパーカーにブラックジーンズを合わせた男が鴉に顔を寄せている様は、見てはならない呪術でも行っているかのようだ。そんな妖しげなところにもときめいてしまい、千晴は熱い溜息をつく。

――あの人は俺の事を覚えているのだろうか。

かつて一度だけ男と言葉を交わした時の事を千晴は夢見るような顔で反芻《はんすう》する。

ひどく暑い夏だった。

彼の他愛のない言葉と笑みに、千晴は救われた。

たった一度の邂逅《かいこう》で、彼は千晴にとって特別な存在となった。

――綺麗で優しい人。

あの時の事を思い出すだけで、胸の裡《うち》が柔らかな感情で満たされる。

彼に恋している自覚はあったけれど、千晴には何をする気もなかった。

だって千晴は男だ。万一彼がゲイであったとしても、自分のような貧相な男を選んでくれる可能性などないに等しい。毎朝飽きずに見惚《みと》れてしまうほど、彼は魅力的なのだから。

だから、見ているだけでいい。

それだけで充分幸せに過ごせる。

——そう、思っていたのだけれど。

「ねね、おにーさん。その鴉、どうしたのー？」

朗《ほが》らかな声に、千晴は顔を強張《こわば》らせた。通りを歩いていた女子高生の一人が庭の前で立ち止まり、男に話しかけている。

——可愛い子だな。

千晴は肩を落とし、足を速めた。

背後から追ってくる陽気な小鳥のような囀《さえず》りに、浮かれていた気分がほろほろと崩れてゆく。

あ——あ。

見ているだけでいいと思っていた筈《はず》なのに、きりきりと胸が痛んだ。どうしようもなく気分が落ち込む。

「あの人……今日も鴉を連れていたな……」

不吉な害鳥と忌《い》み嫌《きら》われる鴉ですら、あの人の傍にいられるなら羨《うらや》ましかった。

「鴉になりたい……。そうすれば毎朝一緒にいられるのに……」

重い足を引きずり、千晴は駅へと吸い込まれてゆく人波にまぎれる。混雑した電車に無理矢理躯をねじ込み、会社へと向かう。

千晴の勤め先は大手予備校だ。校名が大書された校舎が駅近くに点在するが、千晴はその前を通り過ぎ、古いビルへと入っていった。エレベーターでオフィスのある階まで行くと、ＩＣカードをリーダーに翳《かざ》してロックを解除する。通常なら賑《にぎ》やかなフロアはがらんとしており、一人だけ残っていた男も大急ぎで荷物をまとめて出かけようとしていた。いつもやたらとつっかかってくる男だと気がついたが無視する訳にもいかず、千晴はおどおどと会釈《えしゃく》する。

「あの、お、おはようございます」

その男は苛立たしげに千晴を睨んだ。

「吉野か。これからうち会議だから。電話対応、頼むわ」

千晴はぎょっとした。

会議で皆出払ってしまう？

「え、あの、じゃあ、戻りは何時の予定、ですか？　会議の場所は――」

「電話は取り次がなくていい。そっちで適当に対応しておいてくれ」

案の定無茶振りされ、千晴は蒼褪《あおざ》める。

このフロアには千晴が所属する制作部と、各課を担当する部署が入っている。制作部は各種印刷物の制作やWEB情報管理を主な仕事としているため他の部署とは毛色が違い、日常的に生徒たちの対応をしていれば当然知っている事を知らなかったりする。だが、各部署には生徒からの問い合わせなどの電話がよくかかってくる。

間違った対応をしたらまずいし、即答できないだけでもクレームになる事さえあるのをこれまでの経験で知っている。千晴は焦った。

「で、でも、俺たちではわからない事も多いですし……昼には一度戻ってくるんですよね？」

せめて何時に折り返し電話できるかくらいは把握しておこうとする千晴に男が噛みついた。

「だからそっちで適当に対応しといてくれっつってんだろう！　何年ここに勤めてんだよ。いい加減電話対応くらいできるようになれよ。大体、今日の会議はあんたたちのせいなんだぞ。あんたたちが間違った情報をサイトにアップしたりするから、この忙しいのに会議なんかする事になったんだ。それくらいフォローしろよ」

「で、で、でも……！」

居丈高《いたけだか》に怒鳴られてかあっと全身が熱くなる。何か言い返さねばと思うが、言葉が出てこない。

千晴が口籠《くちご》もっていると、他には誰もいないと思っていたのに、給湯室から同じ制作部の柏《かしわ》が出てきた。

フレームレスの眼鏡《めがね》をかけ、カラフルなストライプのネクタイを締めている。柏は知的な見かけ通り、常に理性を失わず何事にも冷静に対処できる男だったが、容赦もない。話が聞こえていたのだろう、千晴の代わりにぴしゃりと言う。

「いい加減にしろ。社長に叱責される羽目になったのは、そっちのミスだ。こっちはアップする前にチェックを回しているんだ。その時にちゃんと目を通して訂正指示しろよ。間違った元データを渡されたら、こっちじゃ気づきようがない」

味方の出現にほっとしたものの、的確に敵の痛いところを突く言葉の羅列に、千晴はますます身を竦《すく》ませた。

「だからそれは途中で変更になったから……！」

「事情はわかるが、そっちに情報を上げてもらわない事には反映させようがないのは当たり前だろう。社長だってその事を理解しているから俺たち抜きで対策会議をする事にしたんだ。電話対応にしても誰か一人置いていくとか、そっちで対処考えろよ。こっちに丸投げしたと社長に知られたらまた問題になるぞ」

男が言葉を飲み込む。社長はホスピタリティにうるさい。おまけにワンマンなので、下手な対応をしたと知られたらあっという間に社内での立場が悪くなる。

「あ……あの、会議は何時に始まるんですか？」

険悪な空気を変えようと千晴が口を挟むと、時計を見た男があっと声を上げた。大慌てで資料を抱え、オフィスから飛び出してゆく。その背に柏が小さな声で吐き捨てた。

「社長や専務の前ではへこへこしているくせに、偉そうに」

「あの、ありがとうございました……」

「吉野もおとなしく聞いてないで言い返せよ」

柏が鼻息荒く眼鏡のブリッジを押し上げる。

「えっ、あ、はい……。でも、あの人たちが俺たちの事気に入らない理由もわからないでもない、から……」

「理由？」

給湯室に頭を突っ込んだ柏が両手にマグを持って出てくる。

千晴は両手で受け取ると、なみなみと淹《い》れられたコーヒーを一口飲んだ。皆で金を出し合って購入しているコーヒーは、苦味が強くて目が覚める。千晴はおどおどと柏の顔色を窺《うかが》った。

「だってほら、あの人たちは数字を要求されてきつい思いをしているのに、俺たちは売上を上げる事なく給料貰っているし。仕事の性質上仕方ないんだけど、のんきに見えて腹が立つっていう思考は理解できるっていうか……社長の気紛れでしょっちゅう変更変更になって駆けずり回されているのも気の毒だし」

とはいえ、そんな理解を示したところで、なんにもならない事はわかっている。それでも千晴は不用意な事を言って、ただでさえぎすぎすしている関係を悪化させたくなかった。

全部を丸く収めたい。

だが不器用なくせに多くを望みすぎるせいで、いつもどう言うべきか決められず、千晴はフリーズしてしまう。

呆れた顔をした柏がどさりと椅子に腰を下ろした。

「吉野、おまえ、やつあたりしてくる相手に同情してどうすんだ。頭に来ないのか？」

「気分はよくないけれど、俺、怒るのって苦手なんです。テンパった挙げ句、いつもとんでもない事を言ったりやったりして、後であぁすればよかったこうすればよかったって落ち込む事になってしまうから」

情けなく眉尻を下げ、千晴は気弱な笑みを浮かべた。

――本当に、どうしていつもあんな事をしてしまうんだろう。

過去の醜態《しゅうたい》がふっと頭の中に蘇《よみがえ》る。そうしたら、髪を掻《か》き毟《むし》って身悶《みもだ》えしたくなってしまい、千晴は掌に爪を立てた。

何も気づかない柏が背凭《せもた》れに寄りかかって背を反《そ》らし、悪戯《いたずら》っぽい笑みを浮かべる。

「ま、それはいいとして。今日は会えたのか？　愛しの君に」

千晴は露骨に狼狽《うろた》え頬を色づかせた。

「う……」

柏は知っている。千晴が恋をしている事を。

柏は千晴の一年先輩で、入社時から随分面倒を見てくれた。仕事は人並み以上にこなしているのに自己主張しない為なかなか評価されない千晴を理解し、いつもそれとなくフォローしてくれる。おまえがいると仕事で楽ができるからだと爽やかに言ってのける柏を千晴は心から信頼し、あの人の事も詳細は伏せて打ち明けていた。

愛しの君、か。

今朝見た情景が蘇り、千晴は睫毛《まつげ》を震わせる。

「なんだその暗い顔は。会えなかったのか？」

「や……、そういう訳じゃないんですけど」

「じゃあ何があったんだ」

千晴はしょんぼりと目を伏せた。

「……別に。ただ、愛しの君がモテまくってただけです」

千晴が実に切なく淋しい想いを噛み締めているというのに、柏は噴き出した。

「笑い事じゃないです！」

他人の恋話《コイバナ》など面白いだけだとわかってはいても恨めしくて、千晴はむくれる。

「あー、ごめんごめん。そりゃ凹むよな。好きな女が他の男にアピールされてるのを見たら。ちょっと待ったと割って入れるだけの度胸は吉野にはないだろうし」

何を言われても言い返せない。実際千晴は、目の前であの人が誰かに愛を告げられていても、黙って見ている事しかできないだろう。

ファックスやメールで送られてきた作業依頼書の仕分けを始めた千晴に、柏は言いすぎたと思ったようだ。

「なあ、吉野。今度合コンがあるんだ。おまえも来いよ」

「ご、合コン⁉」

思わぬ誘いをかけられ千晴は大きな衝撃を受けた。

好きな人がいると知っているのに、いきなり何を言いだすんだろう。

「どうせ、愛しの君に告白する気なんてないんだろう？」

「う……。それはそう、です、けど……」

「純愛は結構だが、ずっと一人でいる気なのか？」

柏の言葉はぐさりと千晴の胸に突き刺さった。

先の事など考えていなかったが、確かにこのまま片恋を続けていたら永遠にひとりぼっちだ。

「付き合う付き合わないは別にしても、来てみたらどうだ？」

「でも俺は、女の子と話すの苦手だから……」

千晴は極めて内気だ。元々友達と遊ぶより一人で閉じこもって本を読むのが好きな子供だったし、苛《いじ》められていた時期もある。そのせいか本当は女の子に限らず、誰と話すのも苦手だ。仲のいい友達がいなくもないが、半日もすると会話に疲れてしまう。知らない女の子と愛想良くお喋《しゃべ》りするなんて難事がこなせるとは到底思えない。

「苦手なものばっかりだな、吉野は。でもほら、今は草食系男子が流行《はや》りだから。吉野は綺麗な顔をしているし、喋らなくてもうまくいくんじゃないか？　おまえ、お局様《つぼね》にも気に入られているし」

「えええ!?」

驚愕《きょうがく》し、珍しく大きな声を出した千晴に柏も驚いて硬直する。千晴はしばらくの間そのまま固まっていたが、大きく息を吐くと、胸元を押さえた。

「あ……、びっくりした。そういう口から出任せ言うのは止めてくださいよ」

「いや、出任せじゃないし。え、自覚ないのか？　おまえ、よくお局様に呑みに誘われてるじゃないか」

実は黙って立っていれば、千晴はなかなか見栄えのする青年だった。ほっそりとした軀の上に載っている頭は小さく、バランスがいい。身長もあるし、はにかんだ笑顔に愛嬌《あいきょう》がある。黒目がちの瞳がいつも潤《うる》んでいるせいでつい虐《いじ》めたくなるが、それも可愛いが故だ。

だが貧相な体格ばかりを気にする千晴は、そんな事には気づいていない。

「それは女の子だけだと、変なのに声かけられやすいからだと思いますけど……」

しばらく見つめ合った後、柏が溜息をついた。

「とにかく吉野は参加って事で」

「ええ⁉　でも、俺……」

「いいから来いよ。おまえ、女の子と付き合った事ないんだろ？　だから愛しの君にもどうしたらいいのかわからないんだ」

「うう……っ」

そう、千晴はこれまで恋人と言える存在がいたためしがなかった。

経験がないからスキルがない。どうしたらいいのかわからないから余計臆病《おくびょう》になってしまっている。

「練習だと思って来いよ。どんなコが好みか教えてくれれば、そういうコ混ぜてくれって向こうの幹事に頼んでやるから」

逃がさないとばかりに肩を組まれ、千晴は顔を引《ひ》き攣《つ》らせた。

「どんなのがいい？　巨乳か？　童顔《ベビーフェイス》か？　それともお姉さま系？」

「え……と、う……その、考えて、おきます……。あっ、この依頼書、皆が来る前に内容の精査よろしくお願いします」

千晴は真っ赤になってしまった顔を伏せ、じりじりと距離を取りながら柏に書類の束を突き出した。柏は顔を顰《しか》めたものの、書類を受け取り目を通し始めた。

＋　＋　＋

「お待たせいたしました」

カウンターにアイスコーヒーのプラスチックカップが置かれる。

「ありがとう」

五月とは思えぬ気温に喉が渇いていた千晴は、小さな笑みを浮かべカップに手を伸ばした。店員の女の子が、千晴の優しげな容貌に頬を染めているが、気づかない。

珍しく定時で仕事を上がれ、千晴は上機嫌だった。

まだ空が明るい。それだけで嬉しい。

アイスコーヒーを楽しみながら、千晴はのんびりと家路を辿る。

家に着いたら、何をしよう。

掃除か、買い出しか。ああ、母に電話をしなければならない。このところ忙しくてメールすらしてなかった。多分何も変わりはないだろうけれど。

噂をすれば影とばかりに震えだした携帯に驚き折りたたまれていたボディを開けば、母ではなく柏からのメールが入っていた。

『好みの女子についての回答を待つ』

そういえば合コンに誘われていたんだっけと思いつつ、千晴は携帯を元のポケットにしまう。

好みの女の子、か。

己のセクシャリティについて、千晴はまだよく理解していなかった。女性は魅力的な生き物だとは思うが、他の男たちが示すような飢餓感《きがかん》を覚えた事はない。巨乳も童顔もお姉さま系も、等しく素敵だと思う。この拘《こだわ》りのなさは、関心のなさからきているのかもしれない。

かといって男性が好きな訳ではない気がした。柏曰《いわ》く『愛しの君』以外の男に、千晴が惹《ひ》かれた事はない。

彼だけが、特別。

商店街の外れに差しかかると、千晴はいつもの習慣でなんとなく時計屋へと目を向けた。今日は休みなのか、それとももう店仕舞いしたのか、ウィンドウは真っ暗で人の気配がない。

少しがっかりしつつ通り過ぎようとしたところで、千晴は誰かにぶつかってしまった。

「あ」

「Sorry」

相手の顔を見て、ぎょっとする。

愛しの君、だ。

彼もまた千晴の顔を見ると表情を変えた。元々あまり笑顔を見せない近寄り難い雰囲気なのに、普段より更に冷ややかな眼差しで千晴を竦ませる。

え――どうして？

そんな目で見られる心当たりはない。

訳がわからなかったが、気圧《けお》され千晴は思わず目を伏せた。ごついブーツを履いた長い足が視界を横切ってゆく。千晴はなんとなく彼の背を目で追った。彼はポーチに上がり時計屋に入ろうとしていたが、鍵を取り出そうと抱えていた大きな紙袋を持ち直した途端、何かが大きな音を立てて落ちた。

「――あ」

瓶入りのミネラルウォーターだ。

見ている間にもう一つ同じ瓶が落下し、ポーチで粉々に砕ける。おまけに無事な方の瓶を拾おうと身を屈めたせいで更に細々としたものが零れ落ち、発泡する水溜まりの中で撥ねた。

すぐ拾わないとパッケージに水が染み込んでしまうが、動けばもっと袋の中のものが落ちてしまいそうだ。どう対処すべきか決めかねたのだろう、彼は中途半端な姿勢で静止してしまう。

千晴の心臓がどくりと跳ねた。

手を貸してあげなければ。

でも先刻、彼が千晴に投げかけた眼差しは冷たかった。

声をかけるのが怖い。

もたもたしていたら水が染みてしまう。折角買ってきたものが駄目になってしまう。

意を決し、千晴は小走りに近寄って足下に落ちた品々を拾い上げた。

「……！」

「あ、あ、あの——」

立ち上がって顔を上げるのと同時に目が合う。

千晴は人の目を見るのが苦手だ。誰と話をする時もネクタイの辺りにさりげなく視線を逸らす。

それなのにうっかり彼の瞳の奥を覗き込んでしまい、千晴は息を呑んだ。

愛しの君の碧の瞳は、深い森の奥に眠る湖のように綺麗だった。心の底まで射貫かれてしまいそうな強い眼差しに、千晴は凍りつく。

なんだか――怖い。

でも、目を離せない。

緊張が極限まで高まった時、彼がふいと視線を逸らした。

いつの間にか呼吸を止めていたらしい、千晴は深く息を吸い込む。

「あ、あの、これ」

馬鹿みたいな単語を並べ拾った物を差し出すと、彼はそっけなく頷いた。

「ああ……、どうも」

鬱陶《うっとう》しそうな態度に、哀しくなる。早く渡してしまって逃げ出したいのに、差し出されたものを受け取ろうとした彼は再び動きを止めてしまった。

彼が抱えている紙袋は底に穴が開いているようだった。少し動くだけでまた中身が零れ落ちてしまう。

少し迷った後、彼は紙袋を一旦入り口の脇に置いた。千晴が差し出しているものを受け取り、クローズプレートのかかった扉の鍵を開ける。

ぎい、と軋んだ音を立て、扉が開いてゆく。徐々に開けてゆく店内の景色に、千晴は瞠目《どうもく》した。

――今までずっと遠くから見るだけと、己を戒《いまし》めていた千晴が時計屋の中を目にしたのは、これが初めてだった。

床も壁も古びた焦げ茶色の木材で設《しつら》えられている。そして四方には、壁面を埋め尽くす勢いで、大小様々な振り子時計が飾られていた。

よくある、オールドなのは見た目だけで中身はクォーツという代物ではない。定期的にぜんまいを巻かねばならない、機械式の骨董品《こっとうひん》だ。

中央にある無骨な机の上には、オーバーホールの最中なのだろう、半分分解された置き時計が一つ広げてある。

彼は扉を大きく開け放ち、店の中に入ってゆく。渡されたものと鍵を奥の壁際に据《す》えられた椅子の上に置き戻ってきた男に、千晴は夢を見ているような表情で微笑んだ。

「素敵なお店ですね」

珍しくするりと言葉が流れ出る。褒《ほ》めたのに、愛しの君は不快そうに目を細めた。

「……そうか?」

ぶっきらぼうな一言に、浮上しかけた気持ちが石ころのように硬く縮まり、ぽとんと落ちた。

——あの時はあんなに優しかったのにな。

千晴は初めて会った時の事を想う。

だが彼が千晴の内心など知る訳がない。勝手に慕われて勝手に失望されても迷惑だろう。今日はたまたま虫の居所が悪かったのかもしれないしと気を取り直し、千晴は潤んでしまった瞳を伏せた。

「あの、前を通る度、どんなお店なんだろうってずっと気になっていたんです。振り子時計を売っているお店だったんですね」

「販売もしているが、修理の方がメインだ。……拾うのを手伝ってくれて、ありがとう」

「いえ」

会話が途切れる。

千晴はこくりと唾を飲み込んだ。

拾った物は渡した。さよならした方がいい。

でも……もう少しだけ。

千晴は必死で話題を探す。当たり障りなく、できれば愛しの君の機嫌がよくなるようなのがいい。

「ええと、あの、鴉……」

弱々しい声が喉に絡んだ。

「何？」

「鴉を飼われているんですか？」

誰だってペットについて話すのは好きな筈だ。千晴はそう思ったのだが、鴉という単語を耳にした途端、愛しの君は顔色を変えた。

「それがおまえになんの関係がある」

険しい声に、心が竦む。

――関係はない。何も。

千晴の一言は愛しの君の逆鱗に触れてしまったようだった。夢にまで見た薄い色の唇が開かれる。

また痛い言葉をぶつけられる事を千晴は覚悟したが、その寸前、愛しの君の視線が背後へと流れた。

「――何か用か?」

「――え?」

誰かいるのだろうか。

何気なく振り向き、千晴は凍りついた。

言われるまで気づかなかったが、堅気には見えない黒スーツの男が数歩後ろで千晴を見下ろしていた。プロレスラーのように鍛え抜かれた体軀をした大柄な男だ。

「お話し中、失礼いたします」

恭《うやうや》しく頭を下げられ、全身の血が引く。

千晴は黒スーツの男を知っていた。

「……あ、どうして、ここに……?」

「お迎えに上がりました。旦那様がお会いになりたいとおっしゃっています。どうぞ、こちらに」

道を渡った公園の前に、大きな車が一台停まっていた。車の脇に同じ黒いスーツを着た運転手が立ち、千晴たちが来るのを待っている。

――行きたくない。

千晴の視線が素早く動いた。逃走路を探しているのだと気づいた黒スーツの男が顔を千晴から愛しの君へと向ける。

「千晴様のお友達ですか?」

たった一言。

だがそれで充分だった。

千晴は目を見開き黒スーツの男を見つめた。黒スーツの男の無機質な視線は時計屋の前に立つ彼を捉《とら》えている。彼が千晴にとってどれだけの価値がある存在なのか値踏みしているのだ。

――駄目。

ささやかな反抗心はあっさりと潰《つい》えた。千晴は夢中で首を振った。

「ち、違います! 今、たまたま落とし物を拾っただけです。――そうですよね?」

同意を求めると、愛しの君は訝《いぶか》しげに眉を寄せた。

「ああ」

黒スーツの男が唇をたわめる。

「そうですか。それでは参りましょう」

どうしようもなかった。

千晴は黒スーツの男に言われるまま、彼に背を向けポーチを下りた。道を横切り、車に乗り込む。

車内は記憶通り広かった。

氷しか残っていないプラスチックカップをどうしようか迷っていると、黒スーツの一人が受け取り、始末してくれる。

上等な革のシートに身を沈めれば車は滑《なめ》らかに走りだし、割れた瓶の欠片を拾い集める彼の姿が遠ざかっていった。

青かった空が暗くなってゆく。今日はもう、掃除も買い出しもできそうにない。


高い塀で囲まれた広い邸宅に到着すると、痩せた初老の男が枯れかけた両腕を伸ばして嬉しそうに千晴を出迎えた。

「久しぶりだね、千晴」

千晴も顎を引き、おどおどと上目遣いに微笑み返す。

「お久しぶりです、おじさま。ご無沙汰《ぶさた》して申し訳ありません」

「そう言うならもっと顔を出してくれないか。千鶴《ちづる》さんと里穂子《りほこ》ちゃんはよく遊びに来てくれるぞ。この間もチーズケーキを焼いてきてくれた」

千鶴は千晴の母、里穂子は妹だ。

無造作に手を取られ、千晴はびくりと軀を強張らせる。だが男は気にもせず、千晴の手を引き、邸宅の中へとエスコートした。

モダンな設えの邸宅は、外観から窺い知れる通り豪華だ。客など滅多に呼ばないのに、玄関はいつも瑞々《みずみず》しい花で飾られている。広いリビングに招き入れられた千晴は、L字形に配置された低いソファに座らされ、身を縮こまらせた。

白いものの混じった髪を綺麗に後ろに撫でつけた男の名は棟方《むなかた》という。流石に年齢が刻まれつつあるがその顔立ちは整っており、今でも女性を惹きつけた。枯れた感のある痩身にも清潔感がある。

この男は、千晴の母方の祖父の弟――大叔父だ。

千晴の祖父は千晴が生まれる前に、父は幼い時分に他界した。子供二人を抱えて困窮していた母に援助の手を差し伸べてくれたのが棟方だ。

棟方自身は結婚した事はあるものの子はなく、千晴や里穂子を孫のように可愛がった。千晴は幼い頃、棟方を祖父だと思いこんでいたくらいだ。

愛情深く、器が大きい。かつては千晴もこの大叔父が大好きだった。

「奨学金の返済をしながら、里穂子ちゃんの学費の仕送りまでしているんだって？　まだそう給料が多い訳ではないだろうに、大変じゃないか？」

心配そうにねぎらわれ、千晴はぶんぶんと首を振った。

「で、でも、いつまでもおじさまに頼ってばかりいては駄目だと思って。それに、仕事が忙しくて使う暇がないから、里穂子に使ってもらってちょうどいいくらいなん……です……」

意味ありげに目を細められ、千晴の語尾が消えてゆく。棟方の視線は、千晴の軀のラインを舐《な》めるように辿っている。

「しばらく見ないうちに、随分大人になったようだな、千晴は」

「いつまでも子供のままではいられないですから」

「千晴の成長を喜ぶべきなのだろうが――淋しいな」

角を挟んだ位置に座っていた棟方が立ち上がり、千晴の隣へと場所を変える。千晴は軀を硬くし、両手を握り合わせた。

「あ……あの、おじさま？」

「ずっと千晴に会いたくてたまらなかった。厭《いや》がられているのは、わかっていたんだが」

「おじさま、別に俺は厭がっては」

つるりと口から滑り出た上っ面だけ取り繕おうとする言葉に、後ろめたい気分が湧き上がる。

いくつになっても千晴は心にもない事を言うのが苦手だ。もう大人なのだから、色々と割り切れるようにならねばならないと思うのだが、不器用な千晴にはできない。

だから三年前、大学を卒業すると、千晴は携帯を買い換えた。棟方には知らせず、一人暮らしを始めた。だが、あからさまに棟方と敵対する勇気など千晴にはなかったから母や妹に口止めまではしなかった。

その気になればいつでも追える余地を残した、消極的な逃亡。

こんな事をして何になるんだろうと、自分でも思ったのだが、それきり棟方から呼び出しがかかる事はなくなったし、時折親戚として会う時も、棟方は何も言わなかった。だから千晴はもう終わったのだと、これからはあんな事はせず、子供の頃のようにまた大好きな大叔父様として付き合っていけるのだろうとそう思っていた。

だが考えが甘かったらしい。

千晴はおどおどと目を伏せる。

「隠さなくてもいい。千晴がずっと我慢してくれていたのは知っていたからね。やめたいならやめさせてあげるべきだと思った。だが——おまえに好きな人ができたと知ったら、居ても立ってもいられなくなってしまってね」

好きな人？

どくんと心臓が跳ねる。

「別に好きな人なんて、俺は」

「おやおや、毎朝あんなに熱い視線を向けているのに、好きじゃないって言うのかい？」

人差し指の甲側で優しく頬を撫でられ、千晴は唇を噛んだ。

「お、俺を見張っていたんですか？　おじさま」

非難され、棟方は哀しそうな顔になる。

「そういう言われようは心外だな。私はただちょっとおまえの姿を見に行っただけだよ。公園のベンチに座って、通り過ぎるおまえを眺めて、それで満足して帰るつもりだったんだ。気づかれたら挨拶《あいさつ》しようかと思っていたくらいでね。だがおまえは公園の方など見もしなかった。それでちょっと意地になってしまってね」

くつくつと棟方が笑う。虚《うつ》ろな笑い声に背筋が寒くなった。

「彼は英国から来たのだそうだね。名前は……そうそう、ソール・アンヴィル」

「ソール・アンヴィル……」

そんな名前だったんだ。

初めて知った彼の名前を、千晴は小さな声で復唱する。

棟方が身を乗り出し、小さな声で囁いた。

「千晴。私は彼に手を出したりはしないよ」

千晴は腿《もも》に載せていた拳を強く握り締めた。

棟方の言葉は、千晴の耳に反対の意味をもって響いた。

威圧的な黒いスーツの男たちを周囲に何人も従え思うがまま動かしている棟方に、千晴は以前から不気味なものを感じていた。

棟方は千晴の家族を援助してなんら痛痒《つうよう》を感じないほどの資産家だ。今も大きな食品会社の会長職にあり、不景気だというのに株や不動産投資のお陰で財産は殖《ふ》える一方だという。自分以外の誰かに無理を強《し》いるところは見た事がないが、それで棟方という男を判じる事などできないだろう。

——棟方がその気になれば、多分、容易《たやす》くソールを害する事ができる。

続く言葉を、千晴は悪夢を見ているような気分で聞いた。

「ただ、お願いがあるんだよ。時々、以前のようにしてくれないか？　千晴」

いつの間にか黒スーツの男は姿を消し、部屋の中には棟方と千晴の二人だけとなっていた。くつろぐためのリビングに設置された照明は暗い。淫靡《いんび》な雰囲気に千晴はきつく唇を噛む。

——厭だ。

——だが、逆らったらどうなる？

肩を抱かれ、千晴は一瞬軀を強張らせたものの、すぐ力なく痩せた長身に寄りかかった。骨張った手が愛おしそうに髪を撫でる。

「愛しているよ、千晴」

千晴には同じ言葉をこの男に返してやる事はできない。

準備を整える為邸宅のバスルームを借りると、千晴はバスタブの縁に背中を丸めて座り込んだ。家族で悠々と入れそうな広々とした空間には庭を眺められる大きな窓がついている。塀もあるし他から覗き見られる事はないとわかっていても落ち着かなくて、千晴はブラインドで視界を塞《ふさ》いだ。

　これから自分が演じる醜態は、誰にも見られたくない。

　コックを捻《ひね》り、入浴剤を落とすと、甘い薔薇《ばら》の香りが浴室に立《た》ち籠《こ》める。ざっと軀を洗って下準備を済ませると、千晴は白い泡とピンク色に色づいた湯の中に身を沈めた。

　今から千晴は、千晴でなくなる。

　浴槽の縁に軽く組んで載せられた足は丹念に剃刀《かみそり》を当てた結果、女性のような白さと滑らかさを得ていた。

　急にせり上がってきた情けない気持ちに、千晴は濡れた両手で顔を覆う。

　――馬鹿、厭だなんて言っている場合じゃない。こんな事で皆の安寧を購《あがな》えるなら、安いものだ。

　冷ややかな碧の双眸が脳裏に蘇り、千晴は泣きそうに顔を歪めた。

　そうだ、自分なんかの為に、何も知らないあの人に迷惑をかけてはいけない。

「千晴？　逆上《のぼ》せてないかい？」

　はっとして目を上げると、上着を脱いでワイシャツの袖《そで》を肘《ひじ》までまくり上げた棟方が、洗面スペースと浴室とを仕切る硝子《ガラス》の向こうにいた。バスタブの縁に見せつけるように伸ばされた千晴の足にうっとりと目を細めている。千晴は慌てて足を湯の中に戻し身を縮めた。

「何か、手伝おうか？」

千晴は勢いよく首を振った。

一体何を手伝うというのだろう。

「そうか。では早くおいで」

棟方が出ていくと、千晴は小さくなってバスタブから上がった。タオルで水気を拭き取り、剃刀を当てたばかりの肌にほのかにいい匂いのするクリームを丁寧に塗り込む。それから籠《かご》の中に用意されていた服を手に取った。

――あれこれ考えては駄目だ。棟方は長年にわたり家族を支えてくれている。俺はその恩に報いなければならない。

薄いストッキングにガーターベルト。その上に女物の下着をつけ、シフォンのワンピースに袖を通す。

繊細で、どこか幸薄そうな千晴の容貌に、棟方の選んだ服はしっくりと馴染《なじ》んだ。

男が女装した時特有の違和感がまるでない。身長は百七十五センチあるし、女っぽいと言われた事もないのに不思議だ。

乾かした髪に軽くワックスをつけて整えると、千晴はピンクベージュのグロスを小指で引いた。少しきついくらいのパフュームを纏う。

全てを完了し目を上げると、鏡の中には男とも女ともつかない、不思議な生き物がいた。

――あの人に初めて会った時も、こんな格好をしていたっけ。

千晴は物憂げに遠くを見つめる。

あの人があの時の事を覚えていなくても関係ない。あの人に手は出させない。

鏡の中の自分を睨みつけると、千晴は用意されていた靴を履き、バスルームを出た。

リビングに戻ると、スコッチを飲みながら待っていた棟方が、望み通りの姿で出てきた千晴に目を輝かせ立ち上がる。

「ここに座るといい。千晴も呑むかな？」

「いえ……」

千晴のすんなりした脚線美が理性を狂わせるのだと、かつて棟方は言った。今もその嗜好《しこう》は変わらないらしい、普通の男性ほど筋肉質ではないが女性ほど柔らかくもない、千晴の足のラインに釘づけになっている。千晴をソファに座らせると、棟方は床に座ってストッキングに包まれた脚に頬擦りをした。

さらりと乾いた皮膚が擦りつけられる感触に鳥肌が立つ。

脚を引っ込めたいという衝動を、千晴は息を弾ませ堪えた。

もう数え切れないほど繰り返してきた事だ。今更一回増えたところでなんて事ない。

本当に、今更なのに。

――厭だ。

まだ火照っている指先が、ふんわりとしたワンピースの裾《すそ》をきつく握り締めた。

棟方は陶然とした表情で千晴の脚を撫でながらただ待っている。千晴がほどなく陥落する事を疑っていないのだ。そして棟方の思惑通り、千晴は己を失いつつあった。

——俺、なんでこんな事してんだろ。

薄いストッキングの上を、触れるか触れないかという微妙な強さで指が滑ってゆく。

——俺もこの人も馬鹿みたいだ。大仰な支度をして、滑稽《こっけい》な役を演じて——。

汚い、どろどろとした何かが、千晴の中に溜まってゆく。喉元までせり上がり、溢れだそうとする。

——ああ——。

千晴はきつく瞼を閉じた。

何かがぷつりと切れる。


黒のエナメル。七センチもの高さがあるピンヒール。ふわりふわりと広がるミニドレスの裾。

高い踵《かかと》がどうしても履きこなせなくて、陸に上がった人魚姫のように足元がふらついた。

綺麗だよ千晴、と棟方が目尻に皺《しわ》を寄せ微笑む。

棟方の趣味は全く理解できなかったが、千晴は頓着しなかった。棟方の欲望に付き合う千晴は、千晴であって千晴でない。慎みがなく、どんな恥知らずな事も平気でする、棟方の人形だ。

官能的に香るパフューム。肌触りのいい下着。忌まわしい行為を彩る小道具の数々。

棟方の邸宅にいる時だけならいい——そう千晴は己を納得させていたのだけど。

千晴が大学生の時だった。いつものように千晴は、棟方が寄越した迎えの車に乗った。棟方の邸宅に向かうのだと思っていたのに、車が止まったのはホテルの前だった。初めての展開に漠然とした不安を覚えたものの、千晴はホテルの部屋の中なら邸宅にいるのと変わらないと己を納得させ、迎えに出てきた棟方の後に従った。

大丈夫。

棟方が千晴の嫌がるような事をする筈がない。

棟方は優しい。

棟方はいつも千晴が厭な思いをしないよう気を配ってくれている。

千晴に欲望を告白した時も、自分のような年寄りがこんな事を言うなんておかしいだろうが、どうしても気持ちを抑えられないのだと、ひどく恥じ入っていた。

だから。

徐々にエスカレートしつつある要求や、毎回新しい衣装をフルセットで用意する情熱に薄ら寒いものを感じつつも、千晴は気にしなかった。——いや、気にしないようにしていた。

その時も千晴は、いつものように用意された衣装を纏い、準備を整えていた。

黒のシックなスリップドレスに白い花のネックレス。

膝上《ひざうえ》までふんわりと流れ落ちるドレープが、女性らしくない軀のラインを隠す。

ラメがきらきらと輝くショールを羽織りバスルームを出ると、棟方は満足そうに目尻の皺を深めた。そして言った。折角だから食事をしないか、ホテルのレストランを予約してあるのだと。

千晴は凍りついた。

どうして？　そんな話、聞いてない。

外に出ていいのは、何もかも終わった後だ。恥知らずの千晴ではなくなった後。そうでなければならないのに。

——厭だ。

呼吸が浅く速くなる。

こんな恰好で外に出たりしたら混ざってしまう。奥手なだけでごく普通の大学生である千晴と、どんな事でも受《う》け容《い》れる節操なしの千晴が。

おじさまは何を考えているんだろう。

行かない、と。そんなの絶対厭だと言おうか悩んだが、千晴には言えなかった。事態を軽く見る一方で、千晴はちゃんと理解していた。

お願いされたから付き合ってあげる形になっているが、棟方は千晴の家族のいわば生殺与奪を握っている。逆らってはいけない——と。

そうだ。少しでも恩返しをしなければいけないんだ、俺は。家族が世話になっているんだから。妹や母がつらい思いをしなくて済んでいるのは、棟方のお陰なんだから。

携帯が軽快な音楽を奏で始める。棟方に断って二つ折りのボディを開けると、妹からのメールが入っていた。

――お兄ちゃん、おじさまのところにいるの？　私も行っていい？　今晩、ママ、出かけるんだって。

すうっと頭の芯が冷たくなる。

妹が、来る？

もし妹に棟方との事を見られたら、どうなるんだろう――？

もちろん今は邸宅にいないし、妹にバレる事はない。だが、急に実感が込み上げてきた。自分は家族には絶対に知られてはならない、とんでもない事をしているのだという。

千晴はぱちんと音を立てて携帯を閉じた。

千晴が携帯をいじっている間に、棟方はトイレを使う為だろう、バスルームに入っていた。服も財布もバスルームの中だが、取りにいけば棟方に見咎《みとが》められてしまう。

臆病な千晴は仕方なくテーブルの上にあった棟方の財布から一万円札を一枚だけ抜き、部屋を抜け出した。ごめんなさい。一万円は後日返しますというメモだけを残して。

こんな事をしてもなんの解決にもならないとわかっていたけれど。

真夏で、ホテルから一歩踏み出した途端、くらくらするような暑さが襲いかかってきた。タクシーで家まで帰るつもりだったが、運が悪い事にホテルの前の車寄せには一台もタクシーが止まっていない。

大通りで車を拾おうとホテルの敷地を出る。細い路地を抜けようとして、千晴は数人の若い男がたむろしているのにぶつかった。

千晴は緊張し、ショールをきつく軀に巻きつけた。

慣れないヒールに苦しみながら足早に通り過ぎようとする。だが、男の一人が気づいた。千晴が女性ではない事に。

前に回り込んできた男に道を塞がれ、千晴は立ち竦んだ。まじまじと見られ、思わず顔を背ける。

——おまえ、オカマ？

言葉が胸に突き刺さる。

千晴は、呆然とした。

考えてみればその通りなのに、千晴は己をそんな風に考えた事がなかった。

蒼褪めた顔で突っ立っている千晴を、仲間の男たちが物珍しそうに取り囲む。

——マジかよ？　気持ち悪ィ。

——よくこんな格好で外歩けるなァ。

「ど——どいて、ください」

千晴は男たちの間を強引に抜けようとした。だが軀が接触した刹那、男は獰猛《どうもう》に凄《すご》み、千晴を乱暴に突き飛ばした。

——んだ、てめェ！

ヒールを履いていたせいもあり、千晴は無様に転倒した。ぶつけた膝と肘が酷く痛んだ。それだけではなく、めくれ上がったスリップドレスの裾から、女物の下着が見えてしまう。

——おい、見たか、今の——。

——すっげ。ガーターなんかつけてるぜ、こいつ。エロビみてえ。

頭の中が、真っ白になった。立ちあがる事もできず千晴は熱せられたアスファルトに掌を突き、スカートの裾を引っ張る。

視界に男たちの足が立ち並ぶ。

俺、これからどうなるんだろう。

いつもの格好をしていればこんな扱いを受ける事などなかったのに、今の千晴は異形だった。

普通ではない、何をしてもいい、虐《しいた》げられるべき存在。

目に薄く涙の膜が張る。多すぎる涙液が零れ落ちそうになった時、毅然とした声が聞こえた。

——おい、何をしている《Hey! What are you doing?》。

千晴を取り囲んでいた男たちの気配が揺れた。柄の悪い若者たちを掻き分け、男が近づいてくる。

――大丈夫か？《Are you all right?》

その人は千晴の前に膝を突き、抱え起こしてくれた。おずおずと伏せていた顔を上げ、千晴は雷に打たれたような衝撃を覚えた。

俺、夢を見ているのかな。

そうとしか思えなかった。女装して真夏の陽射しを浴びている自分。絵に描いたような悪役を演じる若い男たち。そして救いの手を差し伸べてくれたのは、碧の目をした異邦人だ。

――ああ、おまえ、男か。《Oh, you are...a man.》

間近で見てようやく気づいたのだろう、男の呟きに千晴は躯を強張らせたが、怖がる必要などなかった。

――これでは歩けないな。《You cannot walk, can you.》

転んだ拍子に折れてしまったヒールを見下ろし、さりげなく躯を支え立たせてくれる。

こんな格好をしている自分が気持ち悪くはないのだろうか。

そう千晴は思ったが、問う必要もなかった。千晴の全てを、彼は当たり前に受け容れていた。取り囲んでいる男たちなど存在しないかのように千晴をエスコートし、大通りまで連れていってくれる。ハリウッドスターでもおかしくない、この綺麗な外国人とやり合う気にはならなかったのだろう、男たちは追ってはこなかった。

男に縋って歩きながら、千晴はすぐ横にある顔を眩しそうに見つめる。

綺麗な、人。

俺を助けてくれた。

これまで知らなかった甘酸っぱい感情が胸の裡に満ちてくる。いつまでもこの人を眺めていたい。だが、これ以上迷惑をかける訳にはいかない。

大通りに着くと、千晴はさりげなく男から躯を離した。

――あ、ありがとう。タクシーを拾うから、大丈夫、です。あの、お礼をしたいので、連絡先を教えていただけませんか？《Thank you. I'm taking a taxi, so I'm all right. Um...can I have your phone number because I'd like to return a favor?》

――礼などいい。気をつけて帰れ。《Don't mind it. Be careful going home.》

男は唇の端だけで笑い、子犬にでもするように千晴の頭をくしゃりと掻き回し歩きだした。

それが、ソールだった。

あの時の手の感触を今でもはっきり覚えている。

あの一瞬で千晴は恋に落ちた。

あの人は千晴の最悪の姿を見ても嘲《あざわら》ったりしなかった。

外国人だったし二度と会う事はないかもしれないと思っていたが、大学を卒業して、一人暮らしをしようと不動産屋にあちこちの物件を見せてもらっていた時、たまたま時計屋にいるソールを見かけた。あの人がこの街に住んでいるんだと思ったら、他のどんな物件も魅力的に見えなくなってしまい、千晴は今住んでいるマンションを選んだ。

――別に近くに住んだところで、何がどうなる訳でもないとわかってはいたのだけど。

千晴は顔を歪める。

棟方との三年ぶりの行為を終えると、千晴はバスルームを借り、グロスと甘ったるい匂いを落とした。

車で家まで送ろうという申し出を断り、薄手のコートに袖を通す。

玄関を出ようとすると、棟方が腕を取り引き戻した。

「おじさま?」

「来週末、また迎えを送る」

ピリオドを打てたと思っていた日々が再開されるのだと気がつき、千晴は眩暈《めまい》を覚えた。

――ずっとこんな事をし続けなければならないのだろうか。

時刻は既に深夜に近く、空には星が光っていた。昼間は冷たいものが欲しくなるほどあたたかかったのだが、陽が落ちて気温が下がったのだろう、肌寒さに千晴は背中を丸める。

電車で最寄り駅まで移動し、数時間前に辿ったのと同じ道を歩く。時計屋の前に差しかかると、ソールがポーチに座っているのが見えた。

＋　＋　＋

誰かが見ている……？

薄手のブランケットを肩にかけて空を眺めていたソールが素早く視線を向けると、ちょうど目の前を通り過ぎようとしていた青年が慌てて顔を背けた。数時間前に落とした荷物を拾ってくれた、やけに儚《はかな》げな青年だと気がつき、ソールは苦々しい気持ちを噛み締める。

——言いたい事があるなら言えばいいのに。

青年は酷い顔色だった。ほのかに上気していた頬は蒼褪め、表情豊かだった瞳は濁っている。酷く心が掻き乱されたが、ソールは青年を追おうとする目を無理矢理引き剝がした。

これも作戦なのかもしれないと思ったからだ。

——気を緩めれば、何をされるかわからない。

のんびり待つのに飽きて指笛を吹くと、もう近くまで来ていたのだろう、闇の中から一羽の鴉が舞い降りてきた。黒っぽい布が載せてあるソールの肩に止まり、数度羽ばたいてから翼を畳む。

このボロボロの布はオニキスの爪を通さない。

「やっと戻ってきたか。夜遊びもいい加減にしないと閉め出すぞ、オニキス」

指先で頭を叩かれ、オニキスは不満そうにくちばしを鳴らした。

『ちょっとくらい、いいじゃねーか。それより、今、通った奴！　主《あるじ》、見たか？』

ソールは遠ざかってゆく青年の背中へちらりと目を遣った。

「あいつがどうした」

『真っ青で、足もふらついていた。具合が悪いんじゃないかな。主、声かけてみろよ』

一瞬眼差しを揺らしたものの、ソールはそっけなく断った。

「かけない」

用は済んだとばかりに家に入ろうとするが、オニキスがひょいと肩から飛び降りてしまう。

『えーっ、なんでかけないんだよ！　もしかしたらあの子、誰かに苛められたのかもしれないぞ。そうでなければ大事な人が死んだのかも。詐欺に引っかかって全財産を失ったって線もあるなー』

オニキスは好奇心旺盛な上、極めて夢見がちだ。妄想に付き合わせようとするオニキスに、ソールの眉間《みけん》に皺が寄った。

「……オニキス……」

『とにかく、世を儚んで自殺とかしたら大変だ！』

「何がどうなろうと俺には関係ない」

冷ややかに言い切り、ソールはオニキスを捕まえようとしたが、黒い鳥はかちかちと爪を鳴らしながらポーチの上で跳ね、逃げ回った。

『いけずな事言うなよ主！　主だってあいつに興味あんだろ？』

「何？」

ソールの眉がぴくりと動いた。

『気づいてんだろ？　毎朝あいつ、主を見てる。主に何か思うところがあるんだ。なんで見てるのか聞いてみたくね？』

愉《たの》しげに頭を左右に振るオニキスに、ソールは苛立たしげに吐き捨てた。

「どうせ文句を言いたいだけだ。鴉などという害鳥に餌づけするなんて非常識だとな」

『えー。そーかなー』

「他にどんな理由がある」

きちんと翼を畳んだ鴉がソールを見上げる。物言いたげな眼差しに、ソールは首を傾げた。

「オニキス？」

『主ってさー、朴念仁だよね』

「何？」

てんてんとポーチを跳ね、オニキスが開けっ放しだった扉から家の中へと入ってゆく。後に続こうと扉に手をかけ、ソールはふと暗い通りの先へと目を遣った。

ひどくつらそうな顔をしていた青年の姿はもう見えない。

『主ー。腹減ったー』

能天気なオニキスの声に、ソールは何かを振り切るように青年の消えた先から目を逸らした。ソールが家の中に入り扉を閉じると、明るかったポーチが陰に沈む。鍵をかける小さな音が、虚ろな夜に響いて消えた。

+ + +

それから一週間ほど後。

小さな定食屋の前で、千晴は一つ大きな深呼吸をしてから引き戸に手をかけた。

この店の料理は安くて旨《うま》い。まだ若い店主はやたらと陽気で、初めての客にも無頓着に話しかけてくる。引っ込み思案な千晴は最初ひどく戸惑いおろおろしてしまったが、店主は千晴のぎこちない態度を全く気にしなかった。

それから千晴は、気持ちにゆとりのある時はできるだけこの店で食事をするようにしている。いつまでも人と話すのは苦手だなどと言っていてはいけないと、千晴自身思っているからだ。

古びた木の格子戸がからからと軽やかな音を立てて滑ってゆく。

「らっしゃい。にいちゃん、こっち！　ここ空いてるよ」

紺のバンダナをした店主が手招きする。言われるまま奥のカウンター席に近づこうとして、心臓が止まりそうになった。たった一つ空いている席の隣に、顎のラインまで伸びた麦穂色の髪を後ろで一つに結んだ男が座っている。

ソールだ。

ソールの前には日本酒のコップが木の升《ます》と重ねて置いてあった。酔いが回って熱くなったのか、シャツの袖を肘までまくり上げている。剝き出しになった腕の男らしさに千晴は動揺した。

どうしよう。

腕にすらときめいてしまう。

いや、違う。見惚れている場合じゃなくて、どうすべきか考えねば。

「どうした、座んないのか？」

店内を見回すが、他に空いている席はない。再度促された千晴はこくりと唾を呑み込んだ。

器用に箸《はし》を操り焼き魚をつついていたソールが何気なく顔を上げる。目が合った途端露骨に顔を顰められ、千晴は消えてしまいたい気分を味わわされた。

居辛い。

でも、店に入ってしまった以上、食事をしないで出る訳にはいかない。そんな無礼な真似ができるだけの勇気は千晴にはない。千晴はソールの隣に腰を下ろす。

「久しぶりだなあ。にいちゃんがいないとおっさんばっかりで、どうにも華がなくていけねえよ。今日はいい男が揃って眼福だ」

店主がカウンター越しに手を伸ばし、おしぼりを千晴の前に置いた。見え透《みす》いた世辞だが無視する訳にもいかず、千晴は困ったような笑みを浮かべる。

「ごめんなさい。何かと忙しくて」

「約束した事、覚えてっか？」

店主に悪戯っぽくウインクされ、千晴は急いで持ってきたビジネスバッグを膝の上に載せた。

「もちろんです！　あ、あの、こんなイメージでどうですか？」

取り出した紙を渡そうとして、店主の手が濡れているのに気づいた千晴は更に透明なクリアフォルダを取り出した。触っても平気なように、フォルダに紙を挟む。

隣で黙々と食事をしていたソールが何気なく千晴の手元を見て、訝《いぶか》しげな顔をした。紙には文章と共に、鴉のイラストがセンスよく配置されていた。

クリアフォルダを手にした店主が歓声を上げる。

「おお、いいな！　クールだ！」

「お、大将、なんだよそれは」

「フライヤー、です」

興味を示した他の客にもフォルダが回される。

「俺、今、三味線《しゃみせん》にはまってんだよ。今度ダチとライブしようって話になって、なんかこう、案内みたいのがあったらいいなと思ってさ。こっちのにいちゃん、そういうののプロだっていうから、ちょっとね、頼んでみた訳よ」

手早く注文された酒の準備をする店主は余程嬉しいのだろう、しまりのない顔をしている。千晴が喜んでもらえてよかったと思っていると、隣から低い、ぶっきらぼうな声が聞こえた。

「なぜ鴉なんだ」

無意識に千晴の肩に力が入る。

「あ、あの、格好いいと、思って。三人で演奏するって話だったから、三羽烏《さんばがらす》に模してもいいですし」

「三羽烏か！　それをグループ名にしようかな」

浮かれた店主が、注文していないビールと酢の物を千晴の前に置く。箸を割ろうとした千晴の耳に、またしてもソールの独り言めいた呟きが聞こえてきた。

「おまえは鴉が嫌いなんじゃないのか？」

あ。

ソールの言葉に、千晴はなんとなく理解した。

ソールは鴉を飼っている。普通のペットのように愛情を傾け大事にしているのだろう。

だが日本では鴉は嫌われている。黒くて大きな軀は威圧的で禍々しいし、ゴミを荒らすからだ。

猫や鳩を襲う事もあると言う。多分ソールは、大事なペットを悪く言われた事があるのではないだろうか。

自分はそういう類《たぐい》の人間じゃないと伝えねば。

千晴は思い切って顔を上げた。ソールの目をまっすぐに見つめ、微笑む。

「そんな事、ないです。鴉の羽根ってグリーンやコバルトブルーの光沢があって、とても綺麗だと思いますし」

ソールが虚を衝かれたような顔をして口を噤《つぐ》む。目がぎこちなく逸らされる。

やっぱり、そういう事だったんだ。

千晴はグラスを手に取ると、一息に半分ほど呷《あお》った。千晴はアルコールにあまり強くない。それだけでかっと躯が熱くなる。

一気に巡る酔いの勢いに乗じて、千晴は勇気を振り絞る。

「あの、日本語、すごく上手なんですね。ずっとこの町に住んでいるんですか?」

「いや。まだ四年だ。日本語はずっと英国で習っていたからな」

頰に落ちる麦穂色の癖っ毛を搔き上げ耳に引っかけようとする指を、千晴の目が追う。

「日本がお好きなんですか?」

「好きな訳じゃないが……いつか行かねばならないと思っていた」

「なんの為に?」

先に白飯や味噌汁、小鉢を千晴の前に置きながら、店主もソールの話に耳をそばだてている。

「パートナーを得る為だ」

千晴の顔が強張った。

店主がはしゃいだ声を上げる。

「おお、なんか楽しい話になってきたなあ！　アンヴィルさんは日本で嫁探ししてんのか。どんな子が好みなんだ？」

「そういうのは関係ない。もう決まっているんだ。その人以外ないと」

――そうか、ソールには決まった人がいるんだ。

心臓を抉《えぐ》られるような痛みに襲われ、千晴は息をつめた。

別に何を望んでいた訳でもない筈だったのにショックだった。

店主が駄目押しする。

「つまりもう、アンヴィルさんには恋人がいるって事だよな？」

「まあ、そうだ」

誰かが口笛を吹く。店主はうんうんと頷いた。

「やっぱりなー。こんないい男が独り身な訳ないと思ってたんだよ」

千晴は、ただ微笑んだ。

「――そういう人がいるなんて、羨ましいです」

ひどく虚ろな気分だった。

料理の味などまるでわからなくなってしまったので、千晴はビールを飲み干しそそくさと食事を済ませた。

その人以外ない、か。ソールにそう言ってもらえる人が羨ましい。

会計を済ませようとすると、お金を払うどころかフライヤーの謝礼を封筒で渡された。今夜の飲み代も奢《おご》りだと言われ、千晴は仕事でやった訳じゃないのだからいらないとしばらく頑張り、結局奢りだけ受け容れて店を出た。

引き戸を潜《くぐ》ると、いつの間に降りだしたのか、雨がアスファルトを叩いていた。雨足は強く、庇《ひさし》の下にいてもスラックスの裾が湿った。

だが傘などないし、今の千晴には濡れる事などどうでもよかった。

無造作に踏み出そうとした時、ぽん、と奇妙に陽気な音が隣で生じ、爪先を濡らす筈だった雨が遮られた。

「……あ」

「途中まで同じ道だろう？　入れ」

続いて出てきたのだろう、ソールが黒い蝙蝠傘《こうもりがさ》を広げ、千晴を見下ろしていた。

「あり、がとう……」

言葉が喉につかえる。ソールは黙って頷き、雨の中に踏み出した。千晴もソールに身を寄せ、歩調を合わせる。

望みなどないのだと思い知らされた途端に相合い傘する機会が巡ってくるなんて、神様は意地が悪い。

ソールが傍にいると思うと肌がざわめいた。ちゃんといい人がいると理解しているのに、この人が恋しい。恋しくて、頭が変になりそうだ。

「さっき」

「はっ、はい？」

ひくりと肩を揺らし、千晴はソールを見上げた。

「なぜ謝礼を受け取らなかったんだ？」

千晴はなんとか気弱な笑みを作る。

「あ、あの、それは一時間もかけずに作ったシンプルなものだったから。ライブといっても別にお客さんからお金を取る訳でもなくて、大将の持ち出しでやるんだって話だし、お金なんて貰えないです」

「だが、ああいうのがおまえの仕事なんだろう？」

ソールは、千晴がただ働きした事が気に入らないのだろうか。

「別に誰にでも無料で作ってあげるつもりはないから、いいんです。大将にはいつもいい気分で食事させてもらっているし、できる事はしてあげたい。ライブ、成功してほしいですし」

千晴の説明を聞くと、ソールは奇妙な顔をした。

「本当に『いい奴』なのか……？　それとも『いい奴』を装っている……？」

ごく小さな独り言が色の薄い唇から漏れる。聞き取れなかった千晴は、ほっそりとした首を傾げた。

外国ではそういうあたりは極めてビジネスライクに考えると聞いた事があるし、納得がいかないのかもしれないな。

「傘、入れてくださってありがとうございました」

時計屋に着いたので千晴はぼそぼそと礼を言った。そのまま帰ろうとしたのだが、ソールに腕を摑まれ、力ずくでポーチへと連れ込まれる。乱暴に扉に軀を押しつけられ、千晴は身を縮めた。

どうしてこんな事をされるのかわからない。

「な……なに……？」

先刻傘を差しかけてくれたばかりなのに、今の今までいい感じで話をしていたのに。俺は一体この人を怒らせるような何をしてしまったのだろう？

小動物のように脅《おび》える千晴に、ソールが低い声で聞く。

「おまえが何を考えているのか、全く理解できない」

「——え？」

千晴は瞠目した。

「教えろ。一体何が狙いだ」

すぐ目の前にソールの顔があった。冷たい怒りを湛えた双眸が怖い。

「鴉が気に入らなかったのでなければ、おまえはなんの為に毎朝俺を見ていた」

——あ。

一気に酔いが冷めた。

雨の音がやけに大きく聞こえる。

——この人、知っていたんだ。俺が見ていた事。

好きだから、と言う訳にはいかなかった。ただ恋慕しているだけだったら告白する事もできたのかもしれないが、千晴は棟方とどんでもない事をしている。何食わぬ顔をして想いを告げるのはひどく——穢《けが》らわしい行為のような気がした。

「あの、放して、ください」

小さな声で千晴は訴える。だがソールは手を緩めない。

「教えれば放す。言え」

必死に首を振る千晴に、ソールは声を荒らげた。

「いい加減にしろ。気持ち悪いんだよ。毎朝毎朝、人をじろじろ見て——」

忌々しげな一言に、千晴は頭の中が真っ白になるのを覚えた。

——気持ち悪い？

がんがんと頭全体が脈打っているような気がした。千晴は言葉もなくソールを見つめた。

考えてみれば当たり前だった。ソールは多分、千晴の事など覚えていない――あるいは千晴があの時の女装男だと気づいていないのだ。見ず知らずの男にじろじろ見られて、嬉しかろう筈がない。

悪いのは千晴だ。

わかってる。

でも。

……哀しかった。

そっか。ずっとそんな風に思われていたんだ、俺。

落とし物を拾った時も、定食屋で隣に座った時も、ずっと気持ち悪い奴だと、思われていた。

「き、気持ち悪い事して、ごめんなさい……」

濡れた前髪が目元を隠す。千晴は俯き、早口にまくし立てた。

「もうあなたを見たりしない。この道を通るのもやめるから安心して」

「俺はなぜ見ていたのかと聞いているんだ」

「それは言わない方がいいと思う。聞いたらあなた、きっともっと厭な気分になる……」

気持ち悪い相手に好きだと告白されても気まずい思いをするだけだろう。

作り物に過ぎないとありありとわかる笑みを千晴は浮かべた。ひどく痛そうな――切なそうな表情にソールが怯《ひる》む。ただただ威圧的だった双眸に、迷いが生じる。

「やめろ。そんな風に言われたら、余計気になるだろうが」

いい、と千晴は思った。何もかも諦《あきら》めるんだから、少しくらいは俺の事を気にしてくれてもいい。

「おい⁉」

千晴はぐいとソールの軀を押し戻した。細い軀を囲む腕をかいくぐって逃げ出す。

ポーチから出た途端、強い雨が全身を叩いた。

降りしきる雨の中、千晴は全速力で走る。地面を蹴る度、革靴が泥水を跳ばした。スーツがあっという間に雨を吸い、重くなる。

ソールは追いかけてはこなかった。

徐々に足取りが遅くなる。あと少しでマンションというところで立ち止まり、千晴は拳で目元を擦った。

「だめだな、俺は」

小さな声で呟く。

ごめんなさい、気持ち悪い事して。

あなたが不快に思っている事に気づかなくて。

皮膚が裂けるほど強く唇を噛む。

――遠くから見ているだけでよかったのにな。

もう姿を眺める事すらできない。

「最後にあの時のお礼を言っておけばよかった」

今となっては伝える術《すべ》などなかった。千晴が何をしてもソールを不快にするだけだろう。

雨は止む気配もなく降り続く。

千晴は肌に張りつく前髪を掻き上げると、のろのろとマンションに入っていった。

+　+　+

ソールはしばらく千晴が去った方向を眺めていたが、やがて鍵を開け、室内に入った。暗い室内からばさりと重々しい羽音が聞こえる。

「――何を見ている」

ソールが腕を伸ばすと、ウィンドウから外を見ていたオニキスが跳び移ってきた。

『主、気持ち悪いってのはちょーっと酷いんじゃねーの』

かちかちとくちばしを鳴らし、使い魔はソールを非難する。ソールはむっつりと顔を顰めた。

「わかっている。だがあいつが悪い。人をじろじろ見るなんて不躾《ぶしつけ》だ」

店内を突っ切り、ソールはカウンターの後ろにある扉を開ける。この古びた平屋の建物は住居を兼ねており、裏に浴室や台所、こぢんまりとした居間や寝室がある。ソールは湿ったジーンズの裾を気にしながら、左右に扉が並ぶ暗い廊下を進んだ。

『主は神経質すぎんじゃね？　魔女狩りが行われた時代は遠い昔だし、ここは日本だ。そんなに警戒しなくていい』

「だが、あいつは理由を言わなかった。つまり、隠さねばならないような意図があったという事だ」

意固地に千晴を弾劾しようとするソールに、オニキスがやけに人間臭い仕草で溜息をついて見せた。

『いや、単純に主に惚れてるから見てたんじゃねーの？』

ソールの動きが止まる。

たっぷり十数えてから、ソールは奇妙に硬い声を発した。

「……そんな事がある訳がないだろう」

オニキスは微動だにせずソールを見ている。その視線がやけに冷たい。

暗い寝室に入ると、ソールは柵のようなデザインのベッドヘッドにオニキスを止まらせた。自身も寝台に腰かけて濡れたブーツを片方脱ぎ、足下に投げ落とす。もう一方に取りかかる前に、ソールはちらりとオニキスへ目を遣った。

「……あれは男だぞ？」

薄闇の中、オニキスの目が馬鹿にしたような光を発する。

『でもあいつ、人間の基準では、すごく可愛いんだろ？　まあ、主に告白しなくて正解だったけどな。主、頭固すぎだしー』

「おい」

頭を小突こうと伸びてきた手をオニキスがひょいと避《よ》ける。偉そうに胸を張った使い魔に見下され、ソールは眉間に皺を寄せた。

「……馬鹿馬鹿しい」

言葉とは逆に、碧の双眸が遠くのものを見ようとするかのように細められる。

だがすぐ我に返ると、ソールは後ろで一つにまとめてあった麦穂色の髪を解《ほど》いた。苛立たしげに投げたゴムがテーブルの上から落ち、フローリングの上で撥ねる。

＋　＋　＋

バスルームの窓の向こうには、赤く染まった空が広がっていた。すぐ傍に鴉が一羽止まり、羽繕いをしている。千晴が見えないのか平然とくつろぎ、逃げる様子もない。

清楚《せいそ》な白いレエスのワンピースを纏い、千晴は鏡の前に立っていた。胸元に切り返しがあり、平らな胸が目立たないようになっている。靴もストッキングも白のロマンティックな装いだが、ヒールはやはり凶器のように尖《とが》っていた。靴底が厚いせいもあり、身長が十センチも高くなる。

淡いピンクのグロスを引き、指先をティッシュで拭《ぬぐ》うと、千晴は洗面台に両手をついた。棟方の用意した衣装を着て鏡を見ていると、自分で自分がわからなくなる。

——何やってんのかな、俺。

あの雨の夜から、千晴は時計屋の前を通るのをやめていた。

冷静に考えれば、千晴の行動はストーカーじみていた。ソールが気味悪く思っても仕方がない。ソールに近づきたいが為に今のマンションに住み始めたと知られたら、きっともっと引かれる事だろう。

——自分で自分が厭になる。

ソールの事を考える度酷く虚ろな気分になってつらいのに、どうしても気持ちを逸らす事ができない。

隣の部屋で待っているのが棟方ではなくソールだったらいいのに、なんて夢想してしまう。あの大きな掌で触れられたい。あの人に愛を囁かれたらどんな気持ちがするだろう——と。

ソールが千晴のものになる可能性など、一欠片もないのに。

「千晴、準備はできたかい？」

浴室の扉が開き姿を現した棟方に、千晴はびくりと軀を揺らした。千晴が籠城《ろうじょう》するのを防ぐためか元からなのかはわからないが、棟方のバスルームには鍵がついていない。

「おじさま……」

「ああ、綺麗だ。千晴は何を着ても似合うな」

棟方が背後から千晴の両肩を包むように手を置く。

——厭だ。

そうと意識するより早く、千晴は棟方の手から逃れていた。勢い余って洗面所の壁に軀を打ちつけてからはっとする。

「どうしたんだ、千晴」

棟方が穏やかに尋ねる。

なんでもないと言って、棟方の元へ行かねばならないと千晴は思った。そして、リビングへ行って、棟方の相手をする。いつもと同じように。

だが、足が前に出ない。

「千晴？」

手を差し出されると、勝手に軀が後退《あとずさ》る。

――駄目。できない。

込み上げてくる嫌悪をどうしても抑え込めなくて、千晴は必死に言葉を探す。

「あの……ごめんなさい。俺、今日はその、気分が、悪くて……日を改めさせてもらっても、いいですか……？」

脇をすり抜けようとした千晴の腕を、棟方が捕らえた。

「気分が悪い？　もう支度が整っているのに？」

「……放して！」

思わず力任せに振り払ってしまい、千晴は蒼褪める。

何をしているんだろう、俺は。棟方は恩人、逆らってはいけないのに。

棟方は苦く笑った。

「千晴。今更逃げようったって駄目だよ」

諦める様子もなく迫ってくる棟方から逃げ、千晴は泳ぐように壁沿いを移動したが、角まで行き着いてしまうとどこにも行きようがなくなってしまった。

迂闊《うかつ》に振る舞えばソールや家族を困らせる事になる。ちゃんとわかっているのに、厭だという気持ちは、どんどん膨れ上がってゆくばかりだ。

「おじさま、お願いです。今日は本当に無理です」

棟方が瞼《けん》の張った細い首を傾けてみせた。

「千晴。私を拒否しようとするのは、あの男のせいなのかな？」

心臓にナイフを捻じ込まれたような気がした。

「あの人は関係ない！」

上擦った声が、湿気の残る浴室に反響する。

――そう関係ない。それどころか、俺はあの人に嫌われている。

絶望的な気分に囚われ、千晴は喘《あえ》ぐ。

棟方が練《ね》り香水の器を取り、千晴の前にしゃがみ込んだ。

「その言葉を信じてあげてもいい。千晴が私の願いを聞いてくれるならね。この事は千鶴さんや里穂子ちゃんにだって知られたくないんだろう？」

骨張った指先が千晴の耳の下から顎のラインに沿って練り香水を伸ばしてゆく。官能的な匂いに、千晴はくらくらした。

かつて――千晴がおとなしく言いなりになっていた頃、棟方は千晴を脅しつけるような事はしなかった。愛していると囁き、柔らかな言葉で『お願い』しただけ。千晴がホテルから逃げ出した時だって怒ったりはせず、無神経な事をして悪かったねと謝ってくれた。だから千晴は気づかなかった。棟方に千晴を逃すつもりなど欠片もないのだという事を。

「さあ、おいで」

棟方に手を引かれ、千晴はのろのろと立ち上がる。

二人の姿が浴室から消え、曇り硝子の一枚扉が閉ざされた。

誰もいなくなった浴室の窓辺から禍々しい黒い翼を広げ、鴉が飛び立ってゆく。


それから一時間ほど後、千晴は白いワンピースのまま衣類を抱え、足早に邸宅から出てきた。

一刻も早くこの場を離れたい。その一念に突き動かされるまま、慣れない靴に足が痛むのも無視してまっすぐに歩いてゆく。

「おい！」

だが、なりふり構わぬ逃走は途中で阻まれた。突然腕を掴まれ、千晴はよろめく。華奢《きゃしゃ》な女物の靴に足を取られたものの、誰のものかも知れぬ腕が引っ張り上げてくれ、千晴は転倒を免れた。

「な、に——」

いきなりの乱暴に抗議するつもりで涙で霞んだ目を上げた千晴は、言葉を失った。

千晴の腕を掴んでいたのは、ソールだった。

走ってきたのか、額に汗を光らせ息急《いきせ》き切《き》っている。

どうしてここにいるんだろう？

ぽかんとソールを眺めた千晴は、己の姿を思い出し、青くなった。今更遅いかもしれないと思いつつも、少しでも女物の服を隠そうと持っていた衣類を胸に抱いた。

「なんの用、ですか」

あからさまに目を逸らすと、ソールが眉を顰《ひそ》める。

「あ?」

「おっ、俺は気持ち悪いんですよね? 無視してくれればいいのに、どうしてわざわざ声をかけるんですか?」

「……あ」

いつも動じないソールの視線が揺れた。

「その、ああいう言い方をしたのは悪かったと思っている。それより大丈夫なのか、おまえ」

——大丈夫なのか……?

初めて会った時と同じ、気遣いの言葉が胸に突き刺さる。反射的に泣きそうになったが、千晴はギリギリのところで堪えた。

優しい言葉をかけられたからといって、調子に乗ってはいけない。この人は、自分の存在を不快に思っていたのだ。

「大丈夫ですからっ、放して、ください。お願い、もう、見ないで……っ」

摑まれた腕を振り解こうとすると、ソールは怪訝《けげん》な顔をした。

「見るな……? ああ、女の服を着ている事を気にしているのか? 今更恥ずかしがらなくてもいいだろう、前にも見ているんだし」

がつんと、頭を殴られたような衝撃を覚え、千晴は固まってしまった。

「――――え？」

まさか――覚えていた、のか？　この人は。あんなみっともない格好をした俺を。

でも、それならなぜ今まで黙っていたんだろう？

考えるまでもなかった。ソールは女装癖のある変態にストーカーされていたのだ。気持ち悪くて目も合わせたくなかったろうに、あえてそんな微妙な話題に触れる訳がない。変なスイッチが入ったら怖いし。

千晴は唇を噛んだ。

そうだ。人から見れば変態だ、俺は。何一つ期待などしてはいけないんだ。

「とにかく、落ち着け。聞きたい事がある。少し話をしよう」

ソールが気持ち声を和らげたが、千晴には話したい事などなかった。

ソールの視界から消え去りたくてじりじりする。早く自分のテリトリー――家に閉じこもって、この忌まわしい服と靴を脱ぎ去りたい。

「おい。その血、どうした」

急に険しさを増したソールの声に、千晴ははっとした。ソールの視線を追い自分の足下を見下ろして蒼褪める。

千晴の白い靴には黒ずんだ血の染みが点々と浮いていた。

「どこか怪我《けが》をしているのか？　病院へ――」

「俺の血じゃない！」

千晴はもう一度、思い切り腕を捻ってソールの手を振り解いた。大きく軀が揺れた拍子に、抱えていた服の間から封筒が滑り落ちる。

「――あ」

二人の視線が落ちてゆく封筒を追う。落ちた衝撃で折っただけだった封が開き、中から何枚もの万札が飛び出した。

何、この金。

棟方が入れたのか？

もしかして、千晴が求めに応じることへの代価として――？

「おまえ、この金は――」

ソールの声に、千晴は我に返る。

目が合った瞬間、おしまいだと千晴は悟った。

血と金。取り乱し、逃げようとする女装した男。どう考えてもまともじゃない。

連想するのは売春か、それに類する犯罪行為だ。少なくとも、もし千晴がソールの立場だったら、そう思う。こいつは人間の屑に違いないと。

10000
壱万円

それにそれは、あながち間違いでもなかった。

いっぱいいっぱいになってしまった千晴はいきなり服をソールに投げつけた。

最悪だ────。

「おいっ────！」

そのままソールに背を向け、脱兎《だっと》のごとく、走る。少し広い通りに折れ、たまたまやってきたタクシーを止める。

行き先を告げシートに沈み込むと、千晴は乱暴に白い靴を脱ぎ、頭を抱えた。

何もかもが悪い方へと転がってゆく。もう取り返しがつかない。

＋　＋　＋

「吉野さんてー、すっごく綺麗だしー、なんか独特の雰囲気がありますよねー」

赤い壁に黒い格子、和風に設えられた個室には、八人の男女が互い違いに座っている。柏がセッティングした合コンの席で、千晴はしゃちほこばって座っていた。

ソールと別れてすぐ、柏からのメールが入り、千晴は合コンに誘われていた事を思い出した。

女性との交流を深めたい気分ではなかったが一人で家にいる方が厭で、千晴はワンピースを脱ぐと指定通りの時刻に出かけてきた。

女性陣は販売をしているというだけあって、皆、感じがいい。積極的に話そうとしない千晴にも人懐《ひとなつ》っこく絡んできてくれる。だが千晴はどの女性にも関心が持てなかった。

自分のような男に彼女たちみたいな魅力的な女性が本当に興味を持ってくれている訳がない。何もかもが社交辞令のようにしか聞こえない。

「雰囲気って——どんな雰囲気ですか？」

隣の女性が上目遣いに見つめてくる。

「んー、どう言ったらいいんだろ。仕草が柔らかいせいかな——優しそうっていうか——」

虚ろな笑みを浮かべ聞き入っているフリをしつつも、千晴の心はソールへと向かっていた。昼間の出来事を繰り返し思い出す。

腕を摑んだ手は、あの時と変わらず逞しかった。

千晴を見る碧の瞳に侮蔑《ぶべつ》の色はなかったような気がする。

別に逃げ出さなくてもよかったのかもしれない。だが千晴は彼が怖かった。

——俺は、どうしようもない人間だから。

あの人のパートナーは、どんな人なんだろう。

間違っても男ではないだろう。まがい物なんかじゃない、本物の女性だ。

千晴は目の前で媚《こ》びた笑みを浮かべている女性に羨望《せんぼう》の眼差しを向ける。

アイラインで強調された大きな瞳。

ふっくらとした唇。

柔らかそうな小さな軀。

それら全てが、泣きたくなるほど羨ましい。

「吉野。おまえ、飲みすぎ。そろそろ止めておけ」

「――え」

不意に持っていたグラスを取り上げられ、千晴は瞬《またた》いた。

隣で女性が何か言っているが、頭がぼーっとして何を言われているのか理解できない。

様々な声が折り重なって耳の中へと入ってくる。

「混んでるから二時間制だって。とりあえず出ようか」

「どうする？　カラオケでも行く？」

「吉野ー、おまえ、会費払えそうかー？」

誰かが千晴の前にしゃがみ込む。会費ってなんだっけと考えていると、柏が千晴の腕を摑んで立たせた。

「俺が吉野の分も立て替えておくよ。おーい、大丈夫か、吉野」

「え？　うん……平気」

足下がふらつくので壁に手を突くと、呆れた顔をされる。

「どうしたんだよ、いつもはこんな飲み方しないのに。ほら、行くぞ」

千晴は柏の肩にこつんと額を押し当てた。

「……やだ。うちに帰りたく、ない」

「やだって……おまえは子供か」

柏が何か言っているが耳に入らない。

だって、怖い。家にいたら、またあの人が来るかもしれない。

耳の奥に、心臓が痛くなるような恐怖を伴ったインターホンの音が蘇る。

何かに急かされるように合コンに出かける支度をしていた時だった。鳴り始めたインターホンに、すっかりナーバスになっていた千晴は文字通り跳び上がった。玄関へと呼びつけようとする無味乾燥な電子音に、責められているような気分になる。

今は誰にも会いたくない。耳を塞いで、息を殺して、客が去るのを待つ。

しばらくすると、扉の隙間に何かが押し込まれる微かな音が聞こえた。

遠ざかってゆく足音が完全に消えるのを待ち、千晴はそろそろと挟まれたものを確かめに行った。

――落としたものは時計屋で預かっている。取りに来い。

足元に落ちた小さな紙片には、英語でそんな文章が書き込まれていた。

時計屋？　ソールか？　どうしてあの人が俺のマンションを知っているんだろう。

ソールが感じていた『気持ち悪さ』を千晴は初めて心から理解する。

マンションはもはや安息の地ではない。

「駄目だなこれは。今日は吉野をお持ち帰りするしかなさそうだ。後を頼む」

「おー」

千晴は柏に抱えられるようにして店を出た。他の面々と別れて、タクシーに乗り込む。

「柏さん、すみません……。折角可愛い女の子たくさんいたのに……」

小さな声で呟くと、柏は眼鏡のレンズを拭きながら微笑んだ。

「気にするな。学生時代は隔日ペースで酔って帰れなくなった連中を泊めていたから慣れている。それに今日のコたちは全員吉野に持ってかれてしまったしな」

「はい……？」

「それより何か、あったのか？」

「何かって……？」

「おまえ、人に頼るのが嫌い……っていうか、苦手だろう？　それなのにこんなになっているからさ。俺でよければ話くらい聞いてやるが」

「柏さん……」

千晴は潤んだ目で、柏のシャープな横顔を見つめた。窓の外を、昼とは違いそっけない顔をした夜の町並みが通り過ぎてゆく。

「礼は朝食を作ってくれればいい」

「あ……ありがとうございます。サラダくらいしか作れないけど、それでよければ」

男のくせに男に焦《こ》がれるなんて異常な話だ。だからずっと千晴は己一人の胸の裡に想いを秘めてきたのだが、誰かに打ち明けて客観的な意見を聞かせてもらうのもいいかもしれない。

柏ならば言いふらしたりはしないだろう。否定されてもいい。うじうじ思い悩むばかりの自分をなんとかしたい。

タクシーが減速を始める。柏が指定したアパートの前へと、静かに止まる。

精算を済ませて車から降りると、柏はまた千晴に手を貸し、ふらつく軀を支えてくれた。柏が住むアパートはまだ新しくて綺麗だ。

階段を上りきり、二階の廊下に折れたところで柏が足を止める。酔っぱらっていた千晴はここでようやく気づいたのだが、廊下には女が一人立っていた。足音で誰か来るとわかっていたのだろう、まっすぐに千晴たちの方を向いている。

綺麗な女だった。胸元に大きなリボンがついたブラウスに、紺のカーディガンを合わせている。胸まで垂れた真っ黒な髪も艶やかだ。

だがうっすらと微笑む彼女の表情には、どこか狂気じみたものがあった。

軀を支えていてくれている柏の手に、力が籠もる。

「ん、柏さん？　何ですか……？」

千晴が横を見ると、柏は顔を強張らせていた。灯《あか》りはあまり明るくなかったが、酒が入って血色のよかった顔がすっかり蒼褪めているのはわかった。

「柏さん……？」

かつんと、女性の靴の踵《かかと》が不穏な音を立てる。薄く笑んだまま、女が廊下の向こうから近づいてくる――。

+ + +

「一体どこにいるんだ、あいつは！」

『おお、主が人の事を気にするなんて、珍しーなー』

「他人事《ひとごと》のように言うな」

時計屋に帰ってきたソールは、居間に入るとテーブルの上に紙袋を投げ出した。

もう日付が変わろうとしている。ソールはいくらなんでも帰宅しているだろうと思ってマンションを訪ねたのだが、千晴の部屋には人の気配がなかった。

紙袋の中には、千晴が置いていった服や財布が入っている。オニキスに悪戯されないようまとめたのだが、部屋の隅に置いてあるこの紙袋が目に入る度、ソールは無性に苛立たしい気分に駆られた。

なぜこんな気持ちになってしまうのだろう？　ソールには理解できない。

「早くこれを返してしまいたいからだ。掃除の度に邪魔になって目障りだ」

『ふーん』

ソールが古いソファに乱暴に腰を下ろすと、オニキスも背凭れに跳び移った。布張りのソファの上部は、オニキスの爪に引っかかれるせいでボロボロだ。

よじよじと主に近づこうとするオニキスに、ソールはテーブルの上に置いてあった小さな缶を取り、ドライフルーツを一欠片だけやった。

「オニキス。おまえ、ちゃんと言った通りにしているんだろうな」

『してるよー。毎日ちゃんと様子を見に行ってる。でもあいつ、この辺りのどこにもいないんだ。マンションに戻っている様子もない。窓からじゃ見えないところにいたらわかんないけどさー』

ソールは溜息をつくと、オニキスの頭や喉を指先で撫でてやった。

「仕事先はどうだ」

『んー、一度つけてみようとした事はあるけど、あいつデンシャに乗るんだもん。あんなに人がいっぱいいる上に屋根のあるところに入られたら、いくら俺の目が良くても無理ー』

商店街の先にある駅には二路線が走っていた。周辺は閑静な住宅地だが高層マンションや古い団地もあるので、駅の規模の割に混み合う。

考え込むソールの指を、オニキスが甘噛みし始めた。

「あそこには――あいつに乱暴しようとしたっていう奴のところは見に行ってみたか？」

『あそこも毎日覗いてるよ。いないと思うけど、あそこブラインドが下がっていて見えない部屋がいくつもあるんだよなー。もしかしたらチハルはそういう部屋の一つに監禁されているのかも！』

ソールはむっつりと唇を引き結んだ。

――俺は気持ち悪いんでしょう？

上擦った千晴の声が脳裏に蘇る。

傷ついた目をしていた。

放っておいてくれと、言葉だけでなく全身で訴えていた。

本人がそうしてほしいと言うのなら、そうしたらいいのだとソールは思う。

だが、もしオニキスの言う通り、男に脅され、監禁されているのだとしたら。

「――――くそ！」

いきなり立ち上がったソールに驚き、オニキスは翼を広げた。

『な、な、何!?　どこ行くんだ？』

「姉さんに電話をする。どうすれば彼にこれを返せるのか、占ってもらう」

『占ってくれるかなー』

アンヴィルの一族の女たちがする占いは当たる。百発百中と言ってもいいが、身内でも必ず占ってもらえる訳ではない。まず、占ってもいいものか否かが占われ、そこで否と出れば拒絶される。

古き迫害の時代の名残だ。一族を守るための厳然たる掟。

是《ぜ》と出る事は滅多にないが、試してみて損はない。

真夜中の家の中に硬いブーツの音が響く。薄闇の中、ソールの瞳はいつもの碧とは違う、不思議な色にきらめいていた。

+ + +

「晩飯、どうする？」

金曜日、打ち合わせから戻ってきて席についた千晴に、デスクトップパソコンに向かい作業をしていた柏が尋ねる。

「あ、さっき母から仕事が終わったら家に寄れって連絡があって……」

「え、そうなのか⁉」

あからさまに顔色を変えた柏に、千晴は申し訳なさそうに眉尻を下げた。

「すみません。あまり遅くならないうちに戻るようにします」

「ああ……いや、俺の事は気にするな。外で飯食って帰るから、終わったらメールをくれ。吉野の家族って、そう遠くに住んでいる訳じゃないんだよな？」

「電車で一時間もかかりません。ちょっと遅くなるかもしれないけど、ちゃんと帰りますね」

この一週間、千晴は柏の家で寝泊まりしていた。千晴がそうしたいとごねた訳ではない。柏に請《こ》われての事だ。

合コンの夜、柏を待っていた女性は、当たり前のように部屋に上がり込んでこようとした。柏は必死ささえ滲ませ、力尽くで彼女を締め出し扉の鍵をかけた。チェーンまでかけると、千晴以上に憔悴《しょうすい》した様子でへたりこんでしまう。

親しげな振る舞いから千晴は元恋人か何かだと思ったのだが、そうではないようだった。聞けば彼女は大学時代、一方的に柏に思いを寄せていたらしい。執拗《しつよう》に付き纏われた上、付き合っているという話を勝手に広められたりしたのだという。

卒業を機に引っ越して行方を晦《くら》ませられたと安心していたのだが、どうやら所在を突き止められてしまったらしい。

学生時代に住んでいたアパートでは侵入騒ぎまで起こされたらしく、いつもクールに落ち着いている柏に、おまえ帰りたくないんだろ、当分うちに泊まれ、いやむしろルームシェアしないかとまで詰め寄られ、千晴はしばらく泊めてもらう事にした。一度夜に荷物を取りに帰ってからは快適な同居ライフを送っている。

だが久しぶりに母と妹が住む家に帰る事になり、千晴は早めに仕事から上がると、途中で手土産にする焼き菓子を求めた。

父がいた頃から暮らしている一軒家の前に立ち、インターホンを鳴らす。すぐに母が鍵を開け、千晴を招き入れた。

「おかえりなさい、千晴。久しぶりね。もっとマメに帰ってくればいいのに」

「ごめん、忙しくて」

千晴もまた、大学を卒業するまでこの家に住んでいた。母たちは就職した後もここにいてくれると思ったのだろう、一人暮らしをしたいと言ったら驚き引き留めようとしたが、千晴の意志は固かった。

ここにいたらしょっちゅう棟方と顔を合わせねばならないからだ。

そんな事を考えながら母に続いて短い廊下を歩きリビングへと入ろうとして千晴は心臓が止まりそうな思いを味わった。

「やあ、千晴」

リビングのソファには、妹と向かい合わせに、棟方が座っていた。

「あ――い、いらしていたんですか、おじさま」

千晴は内心の動揺を必死に押し隠し会釈をする。

棟方も目元の皺を深くし、ああ、と頷いた。

底の浅い演技だ。

千晴はどうして母や妹にはこれが芝居だとわからないんだろうと思いつつ、おずおずと妹の隣に腰を下ろした。

「おじさまね、怪我したんですって！」

母がホットニュースを教えてくれる。

だが聞くまでもなかった。千晴は棟方が怪我をしているのを知っていた。

その怪我は、千晴が負わせたものだったからだ。

血の気が引いてゆくような気がしたが、興味を示さないのもおかしい。千晴は何も知らなかった風を装う。

「け、怪我？」

「ちょっと転んだだけだよ。少し切ってしまったが、もう良くなった」

「そうなんですか。あの、大事にしてくださいね？」

「ありがとう、千晴」

虚ろな会話が交わされる。

あの時、棟方は気にするなと微笑み、行為の途中で帰してくれた。千晴は動揺のあまり着替えもせず逃げるように邸宅を飛び出したもののソールと出会ってしまい、更に大きな打撃を受けた。

あの日の事を思い出すだけで、死にたいような気分に襲われる。

なんてみっともない人間なんだろう、俺は。

ぐったりとソファに懐く千晴に、妹がテーブルの上いっぱいに広げられたパンフレットや資料を示す。

「ねえ、見て。お兄ちゃんも考えてよ、私の受ける大学！」

「里穂子？　大体決めてたんじゃないのか？」

「本命はね。でもおじさまが滑り止めも受けなきゃ駄目だって言うの。私はそんなのもったいないと思うんだけど」

棟方がいかにも善人そうに諭《さと》す。

「もったいないとか、そういう事を言っている場合じゃないだろう？　予行練習にもなるんだし、全く行く気がないならともかく、受けてみたい大学は全部受けておきなさい。お金の心配はしなくていいから」

母が新しい紅茶のポットを運んでくる。

「千晴もお礼言って。おじさま、夏期講習の費用も全部出してくださったのよ」

棟方は穏やかに微笑んでいた。いたたまれない思いをさせられている千晴の反応を楽しんでいる。

「あの、ありがとうございます、おじさま」

「礼などいい。家族の為にお金を使うのは当たり前だろう？　他人行儀に礼など言われたら淋しくなる」

そんな訳にはいきませんよと母がはしゃいだ声で言う。妹は棟方の言う通り受験校を増やそうとしているようだ。千晴が来る前に食べていたのだろう、テーブルの端にはケーキの載った皿が置かれている。素朴なシフォンケーキには生クリームが添えてあった。

母が焼いたケーキ。

幸せな家族の情景。

情愛の深い大叔父。

お金の心配をする必要などない、ゆとりのある生活。

千晴は夢見るような眼差しを愛する全てに向けた。

――どれ一つとして失いたくない。

千晴はカップを取り、熱い紅茶を啜《すす》った。母が趣味で集めているカップには鮮やかな色彩の鳥が描かれている。

父がいた頃は、千晴たちはこんな風になんの心配もせず生きていた。

だが、父が亡くなって、大叔父が援助してくれるまでの間、家の中はぼろぼろだった。

母はあなたたちは子供なんだからなんの心配もしなくていいのだと言ったが、朝から晩まで仕事を探して駆けずり回り、ぴりぴりした雰囲気を漂わせている姿を見れば気にならない訳がない。幼かった妹は笑わなくなり、脅えた目をするようになった。

千晴にとっても胃の痛くなるような日々だった。あんな生活は、二度としたくない。

今は棟方のおかげで、家族皆がなんの不安もなく幸せに暮らせている。そういう意味では千晴は心から棟方に感謝しているし、尊敬している。千晴には家族にこれだけのものを与えられない。

つまり、千晴はこの男を嫌えるような立場にないのだ。

――でも。

母が作ってくれた夕食を皆で楽しみ、妹が淹れてくれたほうじ茶を飲む。そろそろ帰ろうかと思っていると、棟方と目が合った。

「千晴、もうすぐ迎えの車が来る。マンションまで乗せていってあげよう」

急に部屋の温度が下がったような気がして、千晴は身震いした。慎重に断りの言葉を探す。

「えっ、あの、気を、使わないでください。今は友人の家に泊めてもらってますし……」

「ああ、だから今週はマンションにいなかったのか」

背筋に氷を落とされたような気がした。

棟方は留守中にマンションを訪ねてきていたらしい。

「ではお友達の家まで送ろう」

「いえっ、そんなの、悪いですから」

「悪くなどない。千晴のお友達がどんな人かも知りたいからね」

鼓動が大きくなる。

柏に迷惑をかける訳にはいかない。

「ね、そのお友達って女の人だったりしないの？」

「里穂子！」

妹の言葉に、棟方の目が鋭い光を放った。

「まあ、そうなの、千晴」

「母さんまでやめてよ。女の子じゃなくて、ちゃんと男性。本当にただの友達だから。——とにかく、ええと、途中で買い物もしなきゃいけないので、今日は一人で帰ります」

強引に話を打ち切ったところで、迎えの車が到着したという連絡が棟方の携帯に入った。車に乗り込んだ棟方が帰って行くのを家族三人で見送る。それからリビングに戻ると、妹が新しくほうじ茶を淹れてくれた。

「母さん、これ、里穂子の学費の足しにして」

千晴はここに来る途中に、ＡＴＭで下ろしてきたなけなしの金を母に渡す。

「ええ？　こんなに貰って大丈夫なの？　無理しなくていいのよ、棟方のおじさまだって助けてくださっているんだし」

「おじさまが裕福なのはわかっているけれど、できるだけ甘えないようにしないといけないと思うんだ。里穂子も、いつまでもおじさまに頼ってばかりはいられないんだからな」

「わかってるよー、それくらい。だから滑り止めだって受けなくていいって言ってるんじゃない」

馬鹿にされたと思ったのか、妹が頬を膨らませる。

「そうだ、忘れるところだった。千晴、帰る前にちょっと手伝ってくれない？　この間大掃除したのよ。この際だから要《い》らない物全部粗大ゴミに出してしまおうと思ったんだけど、運びきれなくて」

「ん。どれ？」

妹の指示に従い、千晴は二階に上がる。千晴たちが子供の頃からある古くて重いソファを、力を合わせて階段から勝手口へと運び出す。勝手口の横には、カラーボックスや座椅子など、廃棄を待つ品々が無造作に積まれていた。

薄暗い灯りの中、何気なく辺りを見回し千晴は瞠目する。

古い振り子時計が荷物の中に紛れていた。

「これ……」

まだ父がいた頃に壁にかかっていたのをぼんやりと覚えている。

「あー、それ、とっくに捨てたと思っていたのに屋根裏にあってびっくりしちゃった。もう壊れてて動かないんだって」

「これも、捨てちゃうのか？」

「とっておきたいなら、持って帰る？」

もう少し早く見つけていれば、ソールに会ういい口実になったのに。

今となってはソールに修理の依頼などできない。そう思いつつも、千晴は時計をガラクタの中から取り上げた。柏の部屋に持って帰るのもなんなので、ひとまずこの家でとっておいてもらう事にする。

帰り支度をすると、母がケーキの残りを土産に持たせてくれた。

「お友達によろしくね」

「ありがとう。また来るから」

通りに出ると、玄関まで見送ってくれた妹がこそりと小さな声で囁く。

「知ってる？　お母さん、最近付き合っている人がいるみたい」

「え。本当に？」

思わず聞き返した千晴に、妹はしーっと人差し指を立て、背後を窺った。

「服？」

「この間、新しい服買ってたし」

「そ、服。お母さん、お父さんが死んでからずっと服なんか買わなかったでしょ。買っても実用第一のジーンズとかばっかりで」

「……そうだっけ……？」

千晴は母が着ていた服などちっとも覚えていなかった。

「ま、まだ私たちには話さなくてもいい程度の関係なのかもしれないけど、お兄ちゃんだけ知らないのも可哀想だと思って教えてあげたの。お母さんには内緒だからね」

小生意気に胸を反らす妹が愛しくて、千晴は目を眇める。

「わかった。ありがとう」

「じゃあね、お兄ちゃん」

妹に軽く手を振ると、千晴は駅に向かって歩きだした。柏が待ちくたびれている事だろう。早く帰ってやらねばならない。

あと一時間ほどで部屋に着くと連絡しようと、歩きながら携帯を取り出す。アドレス帳を呼び出しているところで前方に黒塗りの車が停まっているのに気がつき、千晴は瞬いた。

棟方の車に似ている。

だが一時間も前に帰ったのだからそんな事がある筈がない。

ひやりとしたものを感じながらも己にそう言い聞かせ、千晴は車の脇を通り過ぎようとする。

だが、千晴の進路を遮るように、車のドアが開いた。闇に溶け込むような黒いスーツを身に纏った巨漢が助手席から降り立つ。巨漢が恭しく開けた後部座席のドアから現れた痩身に、千晴は凍りついた。

「ああ、待ちかねたよ、千晴。さあ、乗りなさい」

手招かれ、千晴は何を言う事もできずただ首を振った。

「嘘でしょう……どうして、こんなところにいるんですか」

指先が冷たくなる。

家を出てからずっとここで、棟方は自分を待っていたのだろうか。

「どうして？　決まっているだろう？　千晴とゆっくり話がしたかったからだよ」

母が持たせてくれたケーキの箱を胸に抱き、千晴はじりじりと後退る。

棟方は構わず千晴へと歩み寄ってくる。その口元に老獪《ろうかい》な笑みが浮かんだ。優しげな声が、千晴の中に毒を流し込む。

「ずっと気になっていたんだよ。千晴は優しいから、私に怪我をさせた事を気に病んではいないかと」

千晴は、はっとして棟方の軀を見つめた。

服に隠れて見えないが、千晴は確かにこの男に怪我をさせたのだ。――暴力を、ふるって。

「あ……すみません……おじさま……」

顔を伏せてしまった千晴に、棟方は舌なめずりするような声をかけた。

「千晴が謝る事など何一つない。悪いのは千晴を追いつめた私なんだからね。だが少しでも私を気遣う気持ちがあるのなら、車に乗りなさい。千鶴さんの事も、里穂子ちゃんのこれからについても、私たちはよう く話し合わねばならないようだからね」

そうだ――と千晴は唇を噛んだ。

母も妹も棟方を必要としている。この男の手を振り払ってはならない。

――別に、大した事じゃない。

ちょっとの間考えるのを放棄して、棟方の言う事を聞いていればいいだけの事。それだけで家族が幸せでいられるなら安いものだ。

でも――でも。

ソールの冷たい眼差しが脳裏に浮かぶ。

――あの人はもっと俺を軽蔑するようになるだろうな。

「千晴」

棟方が穏やかに千晴を誘う。

行かなきゃ、と千晴は思う。でも――また怪我をさせてしまうのが怖い。どんどん感情を制御できなくなりつつある己に、千晴は気がついている。

つかつかと近づいてきた棟方が手首を掴む。ぐいと腕を引っ張られ、千晴はとっさに足を踏ん張って抵抗した。

「千晴……！」

棟方の声に苛立ちが交じる。巨漢が棟方に手を貸すため近づいてきた。二人がかりでは簡単にいう事を聞かせられてしまう。千晴はきょときょとと辺りを見回した。

「い……いや、だ……！」

思いがけない大きな声が喉から迸《ほとばし》る。

――そうだ、厭なんだ。

言葉にして、初めて千晴は己の気持ちに気がついた。

――こんな事に付き合うのは、もう、厭。何もかももう終わりにしたい。ソールの前で、俯かずにいられるようになりたい。でもどうしたらいい？

一回りも大きい無骨な手が千晴を捕らえる。力尽くで、車の中へと引きずり込もうとする。

「おじさま……っ！」

千晴は力一杯抵抗しながら、棟方を見つめた。

昔は優しいこの人が大好きだったのに、どうしてこんな事になってしまったんだろう？

「千晴、言う事を聞きなさい。千鶴さんと里穂子ちゃんを愛しているんだろう？」

――こんな、脅すような事を言うような人じゃなかったのに。

軀から力が抜ける。抵抗するのを止めた千晴に、棟方と巨漢がほっとした時だった。一瞬の隙を突き、横合いから伸びてきた手が千晴を摑んだ。

「大丈夫か、チハル」

棟方と黒スーツの男の間から引き抜かれ、千晴は踏鞴《たたら》を踏む。棟方たちの間に壁となって立ちはだかる広い背を呆然と見つめる。

「おまえは……！」

棟方の顔が醜く歪んだ。

「……アンヴィルさん……？　あ……どうして、ここに……」

何がどうなっているのか、千晴にはまるで理解できなかった。

ソールには嫌われてしまった筈だ。もう助けてくれる訳がない。

だが、確かにソールが目の前にいて、厳しい表情を棟方へと向けていた。

大柄な黒スーツの男が、ぬっと前に出てくる。グローブのような拳が固く握り締められているのを目にし、千晴は息をつめた。

ソールを殴る気だろうか。

そんなの、駄目だ。

千晴は震える指でソールの袖を摑んだ。怪訝そうに振り返ったソールには構わず、つっかえつっかえ訴える。

「……や……やめてください、おじさま、お願いです。この人に手を出させないで……っ」

「私だって乱暴な事などしたくないんだよ、千晴」

千晴は急いでソールの前へと回り込み、棟方たちに背を向けた。大きく深呼吸して、気合いを入れる。

「あの！　あの、俺の事は、放っておいて、ください」

「なに？」

碧の瞳が不快げに細められ、千晴は心臓が締めつけられるような思いを味わった。無理矢理笑みを浮かべ、目を伏せる。

「だって、俺なんかの為に怪我したら、馬鹿らしい、でしょう？」

嫌いな人間の為に、傷つく必要なんてない。

そもそもこの人は自分になどちょっかいを出すべきではないのだ。パートナーがいるのなら、その人の事だけ見ていればいい。

そうでないと、千晴が困る。心が揺れて、迷惑だとわかっていても近づきたくなってしまうから。

「おまえ……」

夜なのに、どこか近くで鴉の鳴き声が聞こえた。

ばさりと重い羽音を立て、近くの塀の上に黒い影が降り立つ。

棟方が猫撫で声で誘う。

「千晴、こっちへ来て、車に乗りなさい。おまえが私の言う通りにするなら、この事は忘れてあげるから」

千晴は縋るような目で棟方を見つめた。

「――はい」

千晴にはもう抵抗する気などなかった。棟方にはソールの事を忘れてもらわねばならない。もし不興を買ったら、ソールがどんな不利益を被るかわからない。彼を巻き込むのはなんとしても避けたい。

放っておいてくれと言ったのに、ソールが苛立たしげな声を発する。

「おい！　おまえはその男と一緒に行くのが厭だったんだろう？　だからこんなところで揉めていたんだろう？」

その通りだ、と、言う訳にはいかなかった。

「い、いいえ、違うん、です。本当は、全然大した事じゃないんです。変に騒いで――びっくりさせてしまって、すみません」

尖った眼差しが突き刺さるようだ。ソールの険しい表情は全く納得した風ではない。焦りと同時に暗い歓喜が湧き上がってきて千晴を満たす。

ソールが俺を心配してくれている。

すごく嬉しい。

それだけで、もう、充分だ。

千晴はふんわりと微笑む。

「でも、心配してくれて、ありがとう」

一歩後退して距離を置いてから、棟方の方へと軀の向きを変える。車に乗り込もうと踏み出した瞬間、後ろから伸びてきた腕が腰に巻きつき千晴を引き戻した。

「わ……っ、アンヴィルさん……!?」

「そんな顔をしているのに、行かせられるか」

また鴉の鳴き声が聞こえる。

気がつけば千晴たちのいる路地の周りに十羽近い鴉が集まっていた。庭木の梢《こずえ》や電線、塀の上に止まり、じいっと千晴たちの様子を窺っている。

「旦那様、人目が」

車の傍に待機していた男が棟方に囁いた。寝静まっていた町にサッシを開け閉めする音が響き、明るくなった四角の中にこちらを覗く人々のシルエットが浮かび上がる。

通報されるのを怖れ、棟方が踵《きびす》を返した。

「二人とも車に乗せろ」

「は」

棟方が車内に消え、大柄な方の黒スーツの男がソールに近づいてくる。

「来い」

ソールに傲然《ごうぜん》と命令する黒スーツの男を、千晴は狼狽《ろうばい》し遮ろうとした。

「やめてください。この人は関係ない」

黒スーツが声を低め、ソールを見据える。

「棟方様に逆らって後で困った事になるのは千晴様だ。千晴様を助けたいのなら、おとなしく言う通りにした方がいい」

千晴は、瞬いた。

棟方の邸宅を訪ねる度顔を合わせてきたが、この男が千晴への同情を匂わせる発言をした事などなかった。ぽかんとしていると、黒スーツの男がちらりと主の方を窺う。

わかった、とソールが頷き、言われるままに車に乗り込んだ。助手席におさまった棟方は悠然と闇の先を見つめている。

千晴もシートの端に尻を落ち着けると、あやしげな車に乗せられ不安に違いないソールを安心させようと努めた。

「変な事に巻き込んでしまってすみません。でも、大丈夫です。あなたには何も手出しさせないし、無事に帰してもらえるようにしますから」

「俺の事より自分の事を心配したらどうだ?」

敵地にあるというのに、ソールは落ち着き払っている。

「ありがとう。でも、俺は大丈夫なんです。慣れてるし。別に大した事される訳じゃない……」

こんな事をしてくれなくても、平気。

背後へと流れてゆく街灯の光をぼんやりと千晴は眺める。この人が何を考えているのか、千晴には全然わからない。自分に腹を立てていたのではないのだろうか。もしそうでないなら——と考えかけ、千晴は思考を止めた。

変な期待をしては駄目だ。

いずれにしろ千晴がする事は決まっている。棟方を宥《なだ》めて、ソールに手を出さないと約束させる事。

棟方の邸宅に到着すると、二人はリビングに通された。

「千晴。バスルームに着替えを用意してある。行っておいで」

当たり前のような顔で準備するよう促され、千晴はソファに落ち着いたソールへと、不安そうな目を遣《や》る。

「おじさま。彼、に……」

「何も心配しなくていい。私たちはヤクザではないんだからね。ちょっと話をするだけだ。早く綺麗にしておいで」

少し迷ったものの、千晴は棟方の言う通りにする事にした。

黒スーツの一人に付き添われ、バスルームに入る。

バスタブのコックを捻ると、千晴は激しい水音を聞きながら、丸みを帯びた縁に腰を下ろした。

心配しなくていいというのは、本当なんだろうか。

のろのろと手を持ち上げ、ネクタイを抜きながら千晴は考える。

そもそも、ソールはなぜあそこにいたのだろう？

先日も棟方の邸宅近くで千晴はソールと遭遇した。偶然だと思っていたが、二度目ともなると妙な気がする。

「俺を追ってきた……なんて事がある訳ないよね……」

ボタンを外したワイシャツを肩から腕へと滑らせ、籠の中へと放り込む。

用意されていた入浴剤を湯に落とすと、ねっとりと甘い匂いが鼻孔を満たした。下着ごとスラックスを脱ぎ捨て、千晴はバスタブの中へと踏み込む。

いつものように準備を済ませると、少し躊躇《ためら》ったものの、千晴はガーターとストッキングを身につけ、赤い丈の短いドレスを纏った。

だが流石にそのまま堂々とリビングに出ていく気にはなれず、大判のバスタオルをストールのように羽織る。極力靴音を殺して廊下を戻り、リビングを覗き込むと、ソールはいなかった。

「ああ、支度が整ったのか、千晴」

棟方が席を立ち、歩み寄る。千晴の全身を舐めるように眺め、嬉しそうに目を細める。

「ああ、綺麗だよ、千晴。さあ、こっちへおいで」

「あの、あの人は……」

「この事は内密にしてくれと穏やかにお願いして、帰っていただいた。何もしていないよ、私だって警察に追い回されるような身にはなりたくないからね」

本当なのだろうか？

確かめたくても千晴はソールのメールアドレスも携帯の番号も知らない。

腰に手を添え、千晴を更に廊下の奥へと誘導すると、棟方は書斎として使っている私室に入って鍵をかけた。

書斎といっても大きなデスクだけでなく、三人がけのソファも置かれている。棟方は、千晴をソファに座らせると、自分もその隣に座った。千晴の肩からバスタオルを奪い、低い肘かけを枕に寝そべるように命じる。足首までストラップで拘束するタイプの赤い靴を履いたまま棟方の膝の上に足を投げ出すよう命じられ、千晴は唇を噛んだ。

何かがきりきりと張りつめてゆく。

遠慮がちにスラックスの上に足を乗せた千晴は短いドレスの裾を気にし、膝を擦り合わせた。

棟方の妙にあたたかい掌が千晴のふくらはぎから太股へのラインをなぞり上げる。

「あ……」

「高校生の時から千晴の足は変わらないな。柔らかすぎず、かといって筋肉質すぎる事もない。絶妙の脚線美を保っている。このストッキングはね、千晴の為にイタリアから取り寄せたんだよ。

期待通り、実に官能的な手触りだ」

棟方が身を屈め、膝頭にくちづけた。

全身の肌がざわめき、空気が熱を孕《はら》んでゆく。

我慢、しないと、と。千晴は込み上げる嫌悪感を噛み殺した。

我を失ったら、この人の思う壺だ。

棟方が右足首を握り締める。ぐいと膝が折られ、千晴は下着が見えないよう、慌ててドレスの裾を押さえた。恥ずかしい体勢にかあっと顔が熱くなる。

棟方の肩に右足を担ぎ上げられているせいで、膝が閉じられない。無防備に晒《さら》された太腿《ふともも》の内側を、棟方がぬめぬめと濡れた舌で舐め上げる――。

何かが背筋を走り抜けた。

――気持ち悪い。

我慢しようと思えば思うほど、圧力が高まる。

棟方への嫌悪がぐつぐつと煮え立って限界を超えて膨れ上がり――爆発する。

最前までの弱々しさとはまるで違う、凜《りん》と冴《さ》えた声が書斎に響き渡った。

「なあ、誰がそんなところを舐めていいと言ったんだ？」

千晴は捕まれていた右足をぐいと胸に引き寄せて、棟方の手を引き剝がした。

ソファに仰向けになったまま背凭れを摑んで軀を支え、棟方の胸を靴裏で蹴る。

あばらの間に尖ったヒールが食い込むと、棟方は待ちに待った瞬間の訪れを悟り歓喜した。

「ああ、千晴。おまえは素晴らしい……！」

片眉だけ挑発的に引き上げた千晴の顔にはもう、脅えの色など欠片もない。

己の胸を踏みつける右足を棟方は夢中で掻き抱こうとしたが、千晴は許さなかった。

「勝手に触るな。今すぐその薄汚い手をどけろ。そうしないと――」

完璧な曲線を描く爪先が、棟方の顎をすくい上げる。恍惚《こうこつ》とした表情でお仕置きを待つ棟方に、千晴はふと我に返ると、興ざめしたかのように上半身を起こした。靴の甲で軽く棟方の頬を打ってから高々と掲げていた足を床に下ろし、立ち上がる。逃げる気だと思ったのか棟方もソファから下りようとしたが、千晴に薄い胸を突かれ、程良い弾力のあるソファの座面に仰向けに倒れた。

すかさず千晴が片足を振り上げ、棟方の胸を踏みつける。

「は、いい格好だな。皆にも見てもらおうか。おじさまが俺に踏みつけられて悦《よろこ》んでいる姿を。皆、どんな反応を見せると思う？」

左右に踵を揺らし踏みにじると、棟方が小さく喘ぐ。

「あ……っ、あ……」

「こんな事されて、嬉しいのか？　とんだ変態だな、おじさまは」

棟方の両手が千晴の足に添えられる。うっとりと爪先からくるぶしまでのラインを撫でられ、千晴は蔑《さげす》むように棟方を見下ろした。乱暴に蹴って振り払ってから今度は胸の上に落ちた棟方の手の甲にピンヒールの踵を載せる。

ぐっと体重を傾けると、棟方は明らかに感じている風に胸を仰《の》け反《ぞ》らせた。

「なあ、ここ。思い切り踏んだら、一体どうなると思う？」

手の甲の骨は細い。力加減を間違えたら簡単に折れてしまう。

千晴の脅しに棟方は嬉しそうに肌を紅潮させたが、酷い怪我をさせてしまうほど千晴は理性を失ってはいなかった。もう前回のようなミスは犯さない。ぎりぎりのラインで苦痛を与えてゆく。

――これが棟方の渇望《かつぼう》するもの。

千晴自身は肉体的な苦痛を与えられる訳でも、屈辱的な事をされる訳でもない。無神経な人ならばどこがそんなに厭なんだと嗤《わら》うかもしれない程度のプレイだ。割り切って、楽しんでしまえばいいのかもしれない。

でも千晴はこの行為を嫌悪していた。

想像してしまうのだ。棟方が感じる痛みを、屈辱を、痛めつけられる惨《みじ》めさを。

千晴も一時とはいえ、苛められていた事があるから。

「千晴。ソファから、下りたい。硬い床の上でおまえに踏まれたい……」

哀れな生け贄である筈の棟方が、更につらい行為をねだる。

酷い動悸《どうき》に襲われ、千晴は顔を顰めた。だが逆らおうとはせず、求めに応じて胸の上に置いていた足を下ろそうとする。その時、いきなり窓硝子が割れる大きな音が室内に響き渡った。

「わ……っ」

庭に面する大きな硝子が無数のきらめきとなって飛び散る。硝子と一緒に飛び込んできた黒い塊が耳障りな金切り声を上げた。

――鴉だ。

何羽もの鴉が、ばたばたと大きな翼を羽ばたかせ、暴れている。

思わず身を竦めると無意識に体重をかけてしまったのだろう、棟方が小さな呻《うめ》き声《ごえ》を上げた。

――そうだ、プレイの途中だった。棟方が怪我したりしないよう、とりあえず避難させなければ――。

だが、動きだそうとする千晴をソールの声が止めた。

「大丈夫か」

鴉が割った窓から入ってきたソールと目が合ってしまい、千晴は硬直した。

千晴の片足はまだ棟方の胸に載っていた。

慌てて足を下ろそうとして、千晴はよろめく。

どうせ一回しか使わないからと履き心地など無視していたが、ヒールの高い赤い靴はひどく安定が悪く、ぐらついた。床に尻餅をつきそうになった千晴を、素早く部屋に踏み込んだソールが抱き留める。

「や……っ」

腰を支えられ一瞬、どきりとしてしまったが、反射的に見てしまったソールの顔にはなんの表情もなかった。

恐怖が千晴を竦ませる。

今の場面を見て、ソールはどう思ったんだろう。

最低だと思った？

それとも……？

出口が見つけられないのだろう、書斎の中では鴉が暴れ回っている。ソールと同時に入ってきた黒スーツの男は、高価な調度がこれ以上傷つけられないよう、鴉たちを追い出すのにやっきだ。

「行くぞ」

足下が危うい千晴の腰を抱いたまま、ソールが歩きだす。ようやく我に返ったのだろう、棟方が叫んだ。

「なぜおまえがここにいる！　おい、鳥などどうでもいい。千晴を行かせるな……っ！」

鴉の一羽がひょいとソファに跳び乗り棟方に襲いかかる。錆びた声で威嚇され、鉤爪を立てられて、棟方が叫び声を上げた。黒スーツの男たちも鴉のせいで千晴たちを追う余裕などないらしい。

ソールが乱暴に千晴を引っ張り、先を急がせる。千晴がまた靴のせいでつまずきそうになると、ソールは千晴の膝裏に腕を回し、軽々と抱き上げた。

「え、ええ……っ！　アンヴィル、さん……っ」

「黙ってろ」

ソールは悠々と廊下を抜け、千晴を運んでゆく。邸宅の外に出ると、滑空してきた鴉がふわりとソールの肩に止まった。

「また、鴉……？」

手を伸ばせば届く場所でじっと自分を見ている大きな黒い鳥に千晴は驚き身を縮めたが、ソールはやはり平然としている。それで千晴も気がついた。

「その子、もしかして、アンヴィルさんの鴉、ですか……？」

があ、と鴉に話しかけられ、千晴はまたびくっと身を竦める。ソールが何か囁きかけると、鴉は再び空へと飛び立っていった。

「話は落ち着いてからだ」

「はい。あ、でもまず下ろしてくれませんか。あの、このドレス、丈が短いから……」

千晴はもじもじとドレスの裾を引っ張る。夜だから人通りはないが、ソールに抱き上げられたせいで膝の位置が高くなり、横から見たら下着まで丸見えの状態になっていた。

千晴に言われて初めて気がついたのだろう、押さえられたドレスの裾をちらりと見たソールは少し狼狽えたようだった。

「わかった」

ようやく下ろされて、千晴は小さな安堵《あんど》の溜息をつく。

鴉の騒ぐ声が聞こえる。見上げると月明かりの中、棟方の邸宅から数羽の鴉が逃げていった。

タクシーで時計屋へと移動すると、千晴は勝手口から招き入れられ、居間に通された。以前千晴がソールに投げつけた服や財布が入った紙袋を渡される。

「チハル、洗濯はしてないが、これに着替えた方がいい。この部屋を使え」

千晴は改めて己の姿を見下ろし、羞恥《しゅうち》のあまり泣きたくなった。

「そう、ですよね。こんな見苦しい格好でうろうろされたら迷惑、ですよね」

それこそ気持ち悪いと思われてそうだ。

紙袋を胸に抱き締めると、居間を出ようとしていたソールがつと足を止め、しげしげと千晴を眺めた。

「……別に見苦しいとは思わない」

グロスだけを塗った顔から平らな胸、それから下方へと視線が滑る。破れたストッキングに達すると、ソールはぎこちなく視線を逸らした。

「ただ、そのスカートの丈は短すぎると思う」

——え？

不思議なコメントに千晴がぽかんとしていると、ソールは顔を顰め空色のペンキが塗られた扉を開けた。

「俺は隣にいる。終わったら声をかけろ」

小さな音を立て、扉が閉められる。一人残された千晴は、そろそろとソファに腰を下ろした。

古いソファだった。張ってあるウォルナットブラウンの布は日焼けして色が変わっている上、上部が酷く毛羽立っている。

その前には低い木のテーブル。足下には深いボルドーのラグ。素朴な木のシェルフには、英語の本やスノウドームなどの置物が並んでいる。

全体に古めかしいが居心地の良さそうな空間に、千晴の肩から力が抜けた。

まず靴を脱ぎ、ストッキングを引き下ろす。頭から赤いドレスを抜き、ソファの上に置くと、ふんわりとした小山ができた。

ネクタイを省略して着替えを終えると、空になった紙袋に靴とドレスを収め、千晴はソールが消えた扉に向かう。軽くノックしてから開けると、しゅんしゅんと湯が沸騰する音が聞こえてきた。

「あの、着替え、終わりました」

おずおずと報告するとソールが頷く。

「そうか。ちょっと待て」

人一人立つのがやっとの狭い台所で、茶葉の入ったポットに湯を注ぐ。先に用意されていた不揃いのマグカップにも熱湯を注いであたためつつ、冷蔵庫を開ける。

湯を捨てたカップに、紙パックのミルクが注がれ、更に濃く淹れた紅茶が加えられ、英国式のミルクティが出来上がる。

無言でカップの一つを差し出され、千晴は遠慮がちに受け取った。

「あの、ありがとうございます」

台所に立ったままあたたかいミルクティを啜るソールを見て、千晴もカップを口元に運ぶ。

紅茶の味が濃くておいしい。

冷蔵庫から出したばかりのミルクを使ったせいだろうか、熱すぎず、ちょうどいい温度だ。

腱の浮いた手が調理台の上にカップを置くのを、千晴は無意識に見つめた。

「さっきから気になっていたんですけど、どうして俺の名前を知っているんですか？」

おずおずと顔を仰向けると、ソールは曲げていた腰を伸ばした。ジーンズに包まれた長い足が目の前を横切る。

「オニキス！」

「ひゃ」

シンクの前の窓を開けて名前を呼んだだけで、鴉が台所に飛び込んできた。ソールの肩に止まり、数度羽ばたいてから翼を畳む。

ソールは鴉を肩から拳に移動させると、千晴の前に突き出した。

「こいつが教えてくれた」

「え？　鴉が？　どうやって？」

「どこかで聞いてきたらしい」

一旦言葉を切ると、ソールは真剣な顔で千晴を見据えた。

「俺は魔女の末裔《まつえい》で、こいつは俺が卵から育てた使い魔だ。俺とだけだが話ができる」

「鴉と話せる……？」

「馬鹿げていると思うか？」

千晴は少し考えてから、内気な笑みを見せた。

「いいえ」

千晴は毎朝ソールが鴉に話しかけるのを見ていた。それに黒っぽい衣服を好むソールに黒い鴉はよく似合う。古い英国の物語の一場面のようなこの家も、魔女の末裔が暮らすのにふさわしい。

「……そうか」

千晴の返答を聞くと、ソールはシンクに腰を預けた。ほっとしたような顔をしている。

「魔女狩りが行われた時代は遠いが、それでも何か変だとわかるのだろう。俺たち一族はずっと気味悪がられ、敵意を向けられてきた。こいつは俺の二羽目の使い魔だ。最初に孵《かえ》したやつは、毒餌で殺されてしまったから」

「え」

ひどい話に千晴は顔を強張らせた。

千晴はこういう話が苦手だ。すぐ感情移入してしまうからだ。傷つけられる側の気持ちに。

「そのせいで俺は神経質になりすぎていたらしい」

鴉をシンクの縁に止まらせると、ソールは頭を下げた。

「ひどい事を言ってすまなかった」

気持ち悪いと言った事について言っているのだろうか。

「や、やめてくださいっ。この間も悪かったって言ってくれましたし、気にしてないです。そもそも謝る必要なんてアンヴィルさんにはないんです。毎日じろじろ見られたら、きっと俺だって気持ち悪いと思うし」

があ、と鴉が小さい声で鳴く。

ちらりと鴉へと目を遣ったソールはこれまで見た事もないほど柔らかな顔をみせた。

「おまえは人がいいな」

「ええ⁉　そんな事、全然ないです」

ソールと目が合い千晴は弾かれるように下を向いた。思い出したようにミルクティの残りを啜って千晴に小さく微笑み、ソールは居間へと通じる扉を開く。

「聞いていいか、あの男との事を」

「あ………はい」

千晴は頷いた。もはやソールは完全に巻き込まれてしまっている。事情を知っておいた方がいいだろう。

シンクにカップを置き、急いでソールの後に続く。扉を閉めようとドアノブに手を伸ばしたら、床へと飛び降りた鴉がよちよちと千晴の足下を潜り居間へと入っていった。鴉が通り過ぎるのを待ってから、千晴は静かに扉を閉め切る。

「おまえは厭がっていたな、あの男の事を。なのになぜ言う事を聞いている」

ソールがソファに腰を下ろす。ぐるりと周囲を見回した千晴は、ソファ以外に座る場所がない事に気がつくと、できるだけ離れた隣に腰を下ろした。

「あの、あの人は俺の大叔父なんです。うちは祖父も父も早くに亡くなってしまって経済的に苦しかったんですけど、あの人が援助の手を差し伸べてくれたので俺は大学に行けました。今も妹の学費や生活費を援助してくださってます。あの人は俺の家族の恩人なんです」

ソールは難しい顔になった。

「恩人……しかも身内、か。だが、いくら世話になっているとはいえ、言いなりになるなんて間違っている。なぜ家族や警察に助けを求めない」

「え……でも、なんて言って助けを求めればいいんですか？　ハイヒールで踏んでくれとねだられて困っている？」

「む……」

千晴の問題は極めて微妙だ。

ソールは苦悶の表情で唸《うな》った。滑稽な展開になりかねないとようやく気づいたのだろう。

千晴とてどうにかする事を考えなかった訳ではない。だが、不快な未来しか想像できなかった。

だって要は踏んでいるだけだ。変態だが、犯罪ではない。

もしなんらかの方法があるにせよ、千晴と大叔父との事は黒スーツの男たちしか知らないし、彼らの雇い主は大叔父だ。千晴に有利な証言をしてくれる訳がない。思い出したくもない恥ずかしい記憶を根掘り葉掘り聴取された挙げ句、物笑いの種にされ、証拠不充分で終わるのがオチだろう。

子供の頃の千晴が苛められていた時だってそうだった。そんな問題があると認めたくなかったのだろう、教師は千晴の訴えを面倒くさそうに聞き流して言った。おまえが神経質なだけなんじゃないのか。あいつらはふざけているだけだろう？　と。

——現実なんてそんなものだ。物事が期待通りに進む事など滅多にない。

だが棟方は厭な顔一つせずちゃんと家族を援助してくれていた。

その点については千晴は棟方を尊敬している。大叔父はただの千晴目当ての汚い変態ではないのだ。

千晴は諦めきった笑みを浮かべた。

「きっと誰も相手にしてくれないし、本当の事を言ったら、母も妹もショックを受けると思うんです。それなら、何も言わない方がましです」

ソールはひどくもどかしそうに顔を顰めた。

「だが、おまえは厭なんだろう？」

厭だが、だからといってやめられるものではない。

どう言えばこの人は理解してくれるんだろうか。

千晴は淡い苛立ちを覚えた。

善意なのだという事はわかっていた。だが所詮他人事、当事者でないからそういう無責任な事が言えるのだという事に、この人は気づいていない。

「でも、仕事をしていれば厭な事なんていくらでもあるのが当たり前じゃないですか？　別に強姦される訳でも、痛い目に遭わされる訳でもないんですし、世話になっている以上、少しくらい我慢しないと」

「チハルにはプライドというものがないのか？」

責めるように言われ、全身がかっと熱くなった。

――なんでそんな事言われなきゃいけないんだ……？

棟方との行為に臨《のぞ》む時に似た感情の昂りが千晴を呑み込み――枷《かせ》が、外れる。

千晴は好戦的に顎を上げ、まくし立てた。

「あのさ、何も知らない外野が偉そうに説教しないでくれる？　プライドなんかクソ食らえだ。そんなもの後生大事に守ったって、なんにもならない」

ソールの目が大きく見開かれる。千晴はそれまでちんまりと揃えていた足を、投げ出すように組んだ。悠然と背凭れに寄りかかり、目を細める。

「おまえの母親は淫売だって言われたら、アンヴィルさんはどう思う？」

ソールの口元がきつく引き結ばれた。

「頭に来るだろ？　でも、本当の事を知ったら、俺の母と妹の受ける衝撃は今のアンヴィルさんの比じゃない。なんて言ったたって最も近しい身内二人が自分たちの与り知らぬところで変態行為に耽《ふけ》っていたっていうんだからな。しかも俺たちの場合、それはただの悪口じゃなくて現実だ」

背凭れに肘を突き、千晴は素直な黒髪を掻き回す。その瞳は陰鬱な光を宿していた。

信頼していた者に裏切られるのは痛い。大叔父と自分がこんな事をしていると知ったら、彼女たちの中には消えない傷が残るだろう。

自分のせいでそんな事になるなんて許せない。

「俺たち家族には大叔父以外頼る人もいない。精神的にも経済的にも、母と妹は拠《よ》り所《どころ》を失う事になる。俺は家族に不自由な暮らしをさせたくないんだ。その為にはこれくらいなんでもない」

本当になんでもないと、頭では思っているのに。

不意にヒールが柔らかな肉に食い込む感触を思い出してしまい、千晴は口元に手を当てた。

——胃が、むかむかする。

また棟方に触れられる事を思うだけで鳥肌が立った。厭で厭で軀が竦む。

「青い顔をして何を言っている」

ソールが気分が悪そうな千晴の背をさすろうとする。だが千晴は伸びてきた手を押し返した。

「うるさい……！　赤の他人が余計な事を言うな……！　おじさまはちゃんと対価を払ってくれているんだ。被害者面して逃げ出すなんてフェアじゃない。それに俺が幼い頃は、おじさまは純粋な善意で俺たちに手を差し伸べてくれていた。母も妹もおじさまをいい人だと信じて慕ってる。そしておじさまも彼女たちに対してはかつてと同じ二心ない純粋な情愛を傾けてくれているんだ。俺は彼女たちの幸せを壊したくない。たとえそれが幻影に過ぎなくても、だ」

「ではどうする。これからもあの男の求めに応じるつもりか？」

鋭い切り返しに、千晴は目が覚めたように瞬いた。

「妹が大学を卒業するまではそうしなければいけないだろうな。その後の事は、その時考えるつもりだけど……」

前へと上半身を傾げ、千晴は両手で顔を覆った。

積もり積もったものを吐き出したら熱くなっていた頭が冷え、千晴は強烈な自己嫌悪に陥った。

——支離滅裂だ。

我ながら説得力がないと思う。ソールは呆れている事だろう。助けてもらって尚、偉そうな事を言う千晴に。

だが千晴は母にも妹にも、そして棟方にも、傷を負わせたくないのだ。

自分が棟方に言葉巧みに操られている事にぼんやりと気づいてはいたが、それでも棟方が、母と妹にとって真実いい親戚である事は確かだった。虫がいいかもしれないが、誰一人として失いたくない。

「さっき、俺の一族は魔女の末裔だと言ったろう?」

ソールの低いごく小さな声に、部屋の隅でおとなしくしていた鴉が反応し頭を上げた。

「はい——それが——…?」

物問いたげに首を傾げた千晴に向かってソールが身を乗り出す。

「俺の一族の女は占いを得意としている。おまえが望むなら、何もかもがうまくいく方法を占ってくれるよう、頼んでやろうか?」

「え——?」

いきなり占いなどと言われて千晴は困惑した。

何もかもがうまくいく? もしそうならどんなにいいだろう。

だがたかが、占いだ。

妙な提案に毒気が抜けてしまい、千晴はふんわりと微笑んだ。

「ええと、ありがとう、気を遣ってくれて」

ひくりと眉を動かしたものの、ソールはそれ以上占いの話をしようとはしなかった。鬱陶しく落ちてくる髪を掻き上げ、窓の外へと目を遣る。

「もう遅い。そろそろ帰った方がいい。送っていこう」

「あ、でも俺は今、友達の家に泊まっているから……」

「それなら駅まで送ろう」

ソールが足元に置いてあった紙袋を千晴に差し出す。

スーツの上着を羽織ると、千晴はソールと連れ立って外へ出た。

月の光がしんしんと降り注ぐ夜の中を、肩を並べて歩く。

「あの、アンヴィル、さん」

思い切って声をかけてみると、ソールが千晴へと視線を向けた。

「俺が席を外している間、大丈夫でしたか？　おじさまは話をしていただけだって言ってましたけど」

「ああ、大丈夫だ。あの男の言葉通り、余計な話をするなと警告されていただけだ」

心が少しだけ軽くなる。

「――それよりチハル、朝の事だが」

「朝？」

ソールの声が夜道に響く。

「うちの前を避ける必要はない。今までと同じ道を使え」

――え。

「でも……いいんですか？」

「当然だ」

別に特別な意味はないのだとわかっていても心臓がばくばくした。

駅でソールと別れると、雲の上を歩いているような気分のまま、千晴は柏に電話をかけた。柏はまだアパートの近所のファミレスで千晴を待っていた。早く帰ってきて欲しいという疲れ切った声が聞こえる。彼女を怖れるあまり一人では家に帰れないらしい。女性一人にちょっと大袈裟《おおげさ》ではなかろうかと思いつつ最終間近の電車で移動し、ようやく落ち合った柏は、酷く動揺していた。

「すみません、待たせてしまって」

「待ってたんだ、吉野！　聞いてくれ、今、隣の部屋の人から電話があったんだ、どうしたらいいと思う」

「――ええと、何が、ですか？」

聞けば、また柏を訪ねてきた例の女性が、居留守を使っていると思ったらしい。扉を叩いて罵《のの》しっているという。

「嘘、ですよね？」

そんな事をするような女性には見えなかったが、柏は脅えきっていた。

「嘘な訳があるか。どうしたらいいと思う、吉野」

「ええと、とりあえず、様子を見に行ったらどうでしょう。それでももし何か問題があるようなら、俺の家に泊まる、とか」

所詮相手は女性だと、千晴はまだ軽く考えていた。ここまで脅える柏を不思議に思いながら、アパートへと移動する。足音を忍ばせて階段を上ると、柏の部屋の前に女性が幽鬼のように立っていた。

「いた……。どいてもらって部屋に入りましょうか」

「いや、扉を開けるのが怖い。無理矢理入ってこられたら厭だ」

「こっちは男が二人もいるんですし、平気だと思いますけど」

「いや、あいつは――」

階段の上がり口から柏の部屋の前まで結構な距離があるというのに、女性が不意にこちらを向いた。二人の気配に気がついたのだ。

かつかつとヒールの音を響かせ、近づいてくる。流石に本物の女性なだけあって綺麗な歩き方をするなと千晴は思う。

「おかえりなさい、柏くん」

清楚な笑顔には異様な威圧感があった。千晴が間に割って入る。

「あの、悪いんですけど、もう夜も遅いから帰ってもらえませんか？　俺たち、明日も早くから仕事なんです」

「あなた――この間もここにいた人ね？　私は柏くんに会いにきたの。どいてくれない？」

制止を無視して柏に近づこうとする女性の進路を千晴は遮った。

「でもあの、柏さんは、疲れているから……」

「嘘つき。私の事、避けているだけでしょう。柏くんはいつもそう。男のくせに一人で女の私と話をする事もできない」

奥の部屋の扉がそろそろと開いた。覗いているのは柏に女性の来訪を知らせてくれた人だろうか。

青い顔をした柏がいつもの怜悧《れいり》さが嘘のような力のない声を発する。

「避けられているとわかっているんなら、来るなよ。俺はもうおまえと関わり合いたくないんだ」

女性の表情が険しくなる。その視線が柏から千晴へと移動した。

「あなた、柏くんの家に入り浸っているみたいだけど、ホモなの？」

「……え」

当てずっぽうなのだろうが、千晴はぎくりとする。

「私たちの邪魔をしないでちょうだい」

三メートルほどあった距離が消えた。滑るような動きで女性が千晴に迫る。

柏の声が聞こえた。

「まずい、逃げろ、吉野。彼女は――」

細かいプリーツの入った膝丈のスカートが翻《ひるがえ》り、女性の脚が思い切りよく太腿まで剥き出しになる。

綺麗な脚をしているなと思っていたら、側頭部で衝撃が炸裂《さくれつ》した。

女性の回し蹴りが決まったのだ。

――嘘だろ――!?

千晴の躯が壁に叩きつけられる。誰かが何か叫んでいるような気がしたが、気のせいかもしれない。力の入らない四肢がずるずると崩れてゆくのを感じ――千晴の意識はぶつんと途切れる。

＋　＋　＋

気がついたら千晴は病院にいた。

厭な薬品の臭い、薄いグリーンの壁、ベッドを囲むクリーム色のカーテン。

ベッドの脇にある丸椅子には、棟方が座っていた。

「目が覚めたか」

千晴は上がけの下から腕を引き抜くと、痛む頭と首を擦った。

「おじさま……俺は……？」

「ああ、女性に襲われてね。転倒して意識を失ったんだ。千鶴さんから取り乱した電話がきてびっくりしたよ」

サイドテーブルに見覚えのあるハンドバッグが置かれている。母も来ているのだ。きっと心配しただろう。千晴はのろのろと軀を起こした。

「俺、どれくらい寝ていたんですか？」

「そう長くない。今、夜中の三時だ」

「ご迷惑をおかけしました。それからあの……逃げ出したりして、すみません。怒ってらっしゃいますよ、ね……？」

気まずい。

プレイを途中で投げ出した人間の為に、何時間も経たないうちに駆けつけねばならなかったのだ、棟方も複雑な気分だろう。案の定、棟方は苦笑した。本当に苦そうな表情だった。

「私は聖人君子ではないからね。でもまあ、酷い怪我をしなくてよかった。千晴の友達のストーカーだったか、あの女については私の方で対処しよう。二度とおまえたちをわずらわせないようにしてやる」

「ありがとうございます」

頭を下げた千晴を棟方は冷ややかに見下ろし、立ち上がった。

「千鶴さんはすぐ戻ってくるだろう。私はもう戻る。お大事にな」

「はい。あの、お気をつけて……」

背筋をまっすぐに伸ばして、棟方が出ていく。廊下で母と擦れ違ったのだろう、会話する声が微かに聞こえた。

病室に入ってきた母は柏を伴っていた。なかなか意識の戻らない千晴を心配し、残っていてくれたらしい。

母が実家に泊まれと言ってくれたが、明日も仕事があるし、着替えに困る。マンションに帰ると言うと、柏がついてきてくれる事になった。

「色々とありがとうございます、柏さん」

「いや。あんな事のあった後だからな。家に帰る気になれなくてさ。あと吉野、これ」

そっと渡された紙袋に、千晴は再び失神しそうになった。

ソールの家に捨てて帰る訳にもいかず持ってきた赤いドレスやストッキングが丸めて入っている。

「あの中……見まし、た……？」

「おまえがひっくり返ったとき、するっと中身が滑り出たからな。だが、俺だけだ。警察とか他の連中が来た時には、俺がちゃんとしまって死守しといたから。……しかし、なんだかんだいってうまくやっているみたいじゃないか。なかなか扇情的《せんじょうてき》なドレスだな。愛しの君のか？　伝線したストッキングが、なんか生々しくてエロいんだけど」

「愛しの君は関係ないです……」

「え、じゃあ違う子と付き合っているのか？　意外だな」

「うう……」

紙袋を抱き締め、千晴は苦悶の表情を浮かべる。

その扇情的なドレスもエロいストッキングも千晴が着ていたのだと知ったら柏はどんな顔をするのだろう。

「あー、そんな事より、大変な事に巻き込んでしまって本当に悪かったな、吉野」

深々と頭を下げられ、千晴は眉尻を下げた。

「もう済んだ事ですから」

「よくないだろう。おまえ、意識をなくしたんだぞ」

「……随分鮮やかな蹴りでしたよね」

「ああ、あの女、空手だかキックボクシングか知らないが、格闘技の心得があるらしい」

「だから柏さんはあんなに彼女を怖がっていたんですか……そういう事は先に教えておいてほしかったです」

「え？　言ってなかったか？」

本当に悪いと思っているのだろう、何度も謝ってくる柏を適当にいなし、千晴は久しぶりに自分のマンションに帰宅した。少しでも睡眠をとろうと、早々に寝る支度をして布団に潜り込む。

「気分が悪くなったりしたら、遠慮なんかせずにすぐ起こせよ」

心配する柏の声を聞きながら、眠りに落ちる。慌ただしい一日に疲れていたのだろう、千晴は夢も見ずに眠った。


翌朝、千晴は柏と連れ立って家を出た。早番の千晴と一緒に家を出てきたが、柏の今日の本当のシフトは遅番だ。一旦自分のアパートに帰って着替えてくるつもりらしい。

住宅地の間の道をのんびりと歩く。ソールにはいいと言われたが昨日の今日である。柏がいたのでは遠くからゆっくりソールを眺める事もできないし、とりあえず時計屋の前を通らない道を行こうと千晴は思っていた。

だが、時計屋に近い四つ辻に近づくと、ばさりと大きな羽音を立てて鴉が一羽、目の前に舞い降りてきた。

「うわ、鴉⁉」

全く人を怖れる様子のない鴉に柏が驚いて飛《と》び退《の》く。

「あ、ええと、オニキス、だっけ?」

翼を中途半端に畳むと、鴉はよちよちと千晴の足下へと歩み寄ってきた。スラックスの端を軽くくちばしに挟んで、引っ張る。

「え？　何？　そっちへ行くの？」

時計屋に来いという事だろうか。足下にいられると蹴ってしまいそうで、千晴は鴉の前に拳を差し出した。千晴の意図を読みとった鴉がひょいと飛び移ってくる。

「おまえよく鴉なんかに触れるな」

柏が心底気持ち悪そうに顔を顰めた。

「この子、知り合いが飼っている鴉なんです」

おずおずと手を近づけてみると、鴉は人懐っこく千晴の指にくちばしを擦りつけてくる。

「鴉を飼うなんて、変わっているな。吉野、あまり触らない方がいいんじゃないか？　鳥のくちばしって雑菌だらけだって聞いた事あるぞ」

無神経な物言いにどきりとする。

柏に悪気はない。これが普通の人間の感覚だろう。

だがこの鴉はソールの使い魔だった。目の前で黴菌《ばいきん》のように嘲られている事をきっと理解している。

「やめてください、柏さん。そういう事を言ったら可哀想です」

角を曲がって、時計屋のある通りに入る。

「あ……」

ソールはいつものように庭にいた。

麦穂色の髪をうなじで一つに結んでいる。起き抜けなのか、ばさばさともつれた髪が顔にかかっているが、それがまたワイルドで似合っていた。

ソールが魅力的すぎて、眩暈がしそうだ。

ソールが友人のように親しげに挨拶をしてくれる。

「おはよう」

朝の挨拶を交わせる日が来るなんて、夢みたいだった。

「おはよう、ございます」

それからソールはちらりと柏を見た。軀の芯まで凍りつきそうな冷たい視線を向けられ、柏が怯む。

千晴の手に止まっていた鴉ががあと鳴き、ひょいとソールの拳の上に飛び移った。

夢見心地で時計屋の前を通り過ぎると、柏が脇をつついてくる。

「フランスとかイギリス系とかか？　えらく凄味のある美形と知り合いなんだな」

「え？　あ、毎朝、通るからここ……」

千晴の声は小さい。

「そういえば愛しの君とも毎朝会っているんだっけ。どんな人なんだ？　いたら教えてくれよ」

「え。あの、それは……」

「なんだよ、ケチケチするなよ。協力するぞ？」

乾いた笑みを浮かべ、千晴はあらぬ方へと目を遣る。先刻の外国人が愛しの君だと知ったら、柏はどんな反応を示すだろう。

＋　＋　＋

千晴が立ち去ると、ソールは庭に据えられた木のベンチに腰を下ろした。六月に入って庭の緑は勢いを増し、咲き始めたジャスミンが心地よい芳香を放っている。

『主、ほらほら、いい匂いがするー』

小さな花がついた一枝をくちばしにくわえたオニキスがベンチの上に跳び乗ってくる。ソールは受け取った花を掌に載せると、背凭れに寄りかかって軀の力を抜いた。

庭に面する路地を学生なのであろう少女たちがくすくす笑いながら通り過ぎてゆく。彼女たちがこの国では目立つ容姿の自分に好意を寄せている事にソールは気づいていたが、なんの興味も感じない。

『チハルに金糸雀《カナリア》の印があればいいのになー』

オニキスの嘆きにソールは物憂げな視線を投げる。

「なぜそんなにチハルを気にする」

『チハルは今まで主に言い寄ってきたどの女より感じがいいぞ。俺の事を怖がらないし。さっきも連れが悪口を言ったら、そんな事言うなって窘《たしな》めてくれた』

「……そうか」

ほろりと枝から落ちた白い花をソールは摘んで鼻先へと運ぶ。

これまでソールが付き合ってきた女たちは、皆、オニキスを忌避した。姿を見るのも厭がったし、触るのなんてもってのほか。だがソールにとってオニキスは、卵から育てた大事な子供であり、友人であり、何より信頼する使い魔だ。どんなに魅力的な女であろうとオニキスを拒絶するなら、付き合い続けようとは思わない。

「あいつは俺を助けようとした、な」

助けに行ったソールに縋ろうとせず、逆に千晴はこの人に手を出させないでと棟方に叫んだ。いつも気弱そうで目も合わせようとしないくせに毅然とした声で。人の事を心配していられるような状況ではなかったのに。

ソールは厳しい目元を緩めた。

あの男はなぜあんなにも自分を好いているのだろう。

何度考えてもよくわからない。ソールにはあの男に好かれるような事をした覚えがない。記憶にあるのはほんの二言三言交わした事だけ。

――ほっそりとした肢体。潤んだ黒い瞳。脅えきった白い顔。

男のくせに、フェミニンなドレスがなんて似合っているんだろうと思った。

「……俺は何を考えている？」

大丈夫だというからそのまま別れた。だがその後ソールは何度もあの時の事を思い返した。あれでよかったのかと。

――俺はもっと何かしてやるべきだったんじゃないのか？

助けてやる義理などないのに、彼が気になってならない。

自分は決して親切な人間ではないのに。

「オニキス。集めてきてほしいものがある。どこで手に入るかはわからない。だが、どんな手を使っても探し出せ」

『魔術を使うのか？　あいつには金糸雀の印がないのに』

オニキスが首を傾ける。返事の代わりにソールは親愛の情を込め鴉の頭をつついた。

あの男は多分ソールの金糸雀ではない。

それでもソールには、助けてやりたいというこの気持ちを黙殺できなかった。千晴がまたあの老人に変態行為を強いられたらと思うと、腹の奥底から怒りが湧き上がってくる。

『わかった。まかせろ。この地に棲《す》む全ての同族の翼と知識を駆使して集めてきてやる』

「頼んだぞ」

ソールが立ち上がると同時にオニキスが飛び立つ。もう一度ジャスミンを鼻に近づけて香りを楽しむと、ソールは姉に再び千晴について占ってもらうため、携帯電話を取り出した。

＋　＋　＋

会社帰りに洋菓子店に寄った千晴は、タルトの入った箱を手に、時計屋へと向かっていた。硝子ケースに入った色とりどりのタルトを選んでいた時は意気揚々としていたのに、目的地が近づくにつれ足取りが重くなってゆく。

千晴は考える。

約束もなしにいきなり訪ねるなんて、図々しくはないだろうか。

時計屋はいつ覗いても客などいない開店休業状態のように見えたが、だからといって押しかけていいとは限らない。千晴は別に、ソールとそう親しい訳ではないのだ。だが閉店時間を待っていたら遅い時間になってしまうし、その方が迷惑な気がする。

調子に乗って押しかけて、また最初の頃のように冷たくあしらわれたらどうしよう。

うっかりそんな事を考えたら、朝、挨拶してくれた事やミルクティを飲みながら色んな話をした事が夢のように思えてきて、千晴は蒼褪めた。

やっぱり、日を改めようかな。

時計屋のポーチの前で立ち止まり、千晴は未練たらしく扉の向こうを透かし見る。

うん、また今度にしよう。

はあと小さな溜息をつき、ポーチの前を通り過ぎようとした時だった。扉が小さく軋み、開いた。

「どうした、チハル」

びっくりして、危うく放り出しそうになったタルトの箱を千晴は両手で抱え直した。そわそわとソールの顔色を窺う。

「あ……こ、こんにちは。あの、何回も助けてもらったのに、ろくにお礼もしていなかった事を思い出して」

綺麗にリボンのかかった箱に、ソールが目を細めた。

「それはケーキか？　お茶を淹れよう。チハルも食べていけ」

「でも、仕事中じゃ……」

大きな机の上には懐中時計なのだろう、分解された小さな部品が整然と並ぶ。

「俺の客はネットを見るか、紹介を受けてくる奴ばかりだからな。いきなり店に来るような事は滅多にないから大丈夫だ。それにこれは仕事じゃない」

ソールはどんどん店の奥に入ってゆく。友人のように迎え入れられた事にほっとした千晴は、恐縮しつつも後に続いた。

「ここで待っていろ」

通された居間にはオニキスがいた。盆の上に置かれたパンを毟っている。肉がたっぷり入った野菜炒めのようなものも器に盛られていた。オニキスの食事は人間の食事とあまり変わらないようだ。

「こんばんは。オニキスは晩ご飯？」

オニキスが、があと鳴いた。

台所に入ろうとしていたソールが足を止め、鴉に話しかける千晴をどこか眩しそうに見つめる。

オニキスの前にしゃがみ込んだ千晴はいそいそと綺麗にラッピングされた瓶をビジネスバッグの中から取り出し、ソールを振り返った。

「あの、アンヴィルさん。オニキスにもお土産を持ってきたんですけど、あげてもいいですか？胡桃《くるみ》なんですけど、塩も砂糖もついてないからオニキスも食べて平気だと思うんです」

「あ……ああ」

千晴が言っている意味がわかるのだろう、オニキスはパンを毟るのをやめ、瓶が開くのを待っている。千晴は手早くラッピングを外すと、一掴みの胡桃を掌に載せて差し出した。

「はい、どうぞ」

無防備な行動に、ソールが低い声を発する。

「……よく平気でそういう事ができるな」

「えっ、手であげるのはまずかったですか？　オニキスを間近でよく見てみたかったんですけど。……本当に艶々してて綺麗ですよね、この子」

プレゼントが気に入ったらしい、オニキスは頭を傾けて器用にすくい取り、胡桃を貪《むさぼ》り食《た》べている。

掌が綺麗になると、千晴は瓶の蓋をきちんと閉じた。

「カロリーが高いから、今日はこれだけにしておこう？」

があ、と鳴いたオニキスがまたパンに取りかかる。

盆にティーセットを載せたソールが居間に戻ってきた。

「オニキスは結構たくさんご飯を食べるんですね」

ティーカップやポットをテーブルに置くソールを千晴は手伝う。

「外では一切食わないからな。また毒餌を食わされてはかなわないから、こいつには俺の与えた物しか食べないよう言い聞かせてあるんだ。他の鴉のように残飯漁りなどしないからくちばしも汚くない」

やっぱり柏の言った事をこの鴉は理解していたのだと知り、千晴はおろおろと謝った。

「あの、すみません。悪気はなかったんです」

千晴自身が言った訳ではないが、ソールがオニキスを可愛がっている事を千晴は知っている。

「あれくらい気にしない。環境を悪化させるな、駆除しないと保健所に訴えてやると怒鳴り込んでくる奴もいる事を思えば可愛いものだ」

「そんな事を言ってくる人がいるんですか!?」

いたたまれない気分になってしまい俯いていると、ソールが厳しい口調で尋ねた。

「それより、チハル。あの男は何者だ？」

「え？　あ、あの、柏さんの事ですか？　同僚ですけど……」

「同僚？」

咎めるような声に千晴は身を縮める。

「わっ、悪い人ではないんです。気を悪くされたのなら、俺が代わりに謝ります」

「……いや、別に怒ってなどいない。ただ……朝一緒にいただろう？」

――え？

千晴はきょとんとして首を傾げた。

それがどうしたというのだろう。もしかして、千晴が他の男を自分のマンションに泊めたのが気になるんだろうか。

まさか、ね。

千晴が妙な事を考えているのを感じ取ったかのように、ソールが苦虫を噛み潰したような顔になる。

「あの夜は友人が待っていると言って、マンションに帰らなかったろう、チハルは。だから、変だと思っただけだ」

いつもより心持ち早口にまくし立てられ、千晴は瞬いた。

なんだか、都合の悪い事を誤魔化そうとしているみたいだと思ったが、もちろんそんなのは気のせいに決まっている。

「あ、そ、そう、ですよね。びっくりしますよね、駅まで送ったのに、朝、マンションから出てきたら」

差し出された白い皿にタルトを一つずつ載せながら、千晴はソールが気にしている夜の記憶を反芻する。

「あの後、俺、病院に担ぎ込まれたりしたんです。それで同僚が心配して付き添ってくれて」

「病院？　何があったんだ？　もう大丈夫なのか？」

いつもは抑揚の少ないソールの声が跳ねた。

千晴は微笑む。不謹慎だが、ソールの気持ちが自分に向いているのが嬉しい。

「はい。この通りぴんぴんしているでしょう？」

「……そうか」

千晴は指を折りながらあの日の出来事を反芻する。

「あの夜は本当に、無茶苦茶だったんですよ。まず、会社が終わってから実家に戻って、それからアンヴィルさんとおじさまとであんな事があったでしょう？　アンヴィルさんに駅まで送ってもらってから同僚のアパートに行ったんですけど、そこで同僚に想いを寄せている女性に鉢合わせしてしまって、俺、同僚とデキているんじゃないかと疑われて、その女性に回し蹴りされちゃって」

ソールの目つきがまた険しくなった。

「デキているというのは、誤解、なのか？」

「当たり前です！」

ほっとしたようにソールがソファに沈み込み、ミルクティを一口啜る。

……あれ？　今のはなんだったんだろう？

何度か瞬き、千晴もカップを口に運んだ。

どうしてそんな事を気にするのかと聞いてみたくてうずうずする。でもきっと千晴が自意識過剰なだけに決まっている。決まっているけど——でも——。

千晴はそわそわとカップの中を覗き込んだ。

「えーと、あ、アンヴィルさんの淹れて下さるミルクティっていつもすごくおいしいですね」

「……日本では水が違うせいか、ブラックティがうまく淹れられないがな」

いつもと同じぶっきらぼうな口調なのに、どうしてだろう、今日はやけに照れくさそうに聞こ

える。

　フルーツがふんだんに載ったタルトは、評判通り美味だった。シロップで煮られたフルーツが程良く甘いのに酸味がある。食感が瑞々しい上、タルト生地もしっかりしていて、腹にずしりとくる。

　興味をそそられたのだろう、オニキスが寄ってくる。ソールは皿を遠ざけ、きっぱりと申し渡した。

「おまえが食べるには甘すぎだ。太って飛べなくなるぞ」

　異議があるらしい、オニキスががあがあと鳴き、翼を広げて威嚇《いかく》する。真剣な顔で攻防する主従の姿が可笑《おか》しくて、千晴もくすくす笑った。

「さっきの懐中時計、仕事ではないって言ってましたけど、アンヴィルさんのものなんですか？」

　時計屋の机の上に広げられていた部品を思い出し問うと、ソールは隙あらばタルトをさらおうとするオニキスを手で押しのけた。

「そうだ。定期的にオーバーホールしている。十歳の誕生日に祖母に貰ったものだからな」

「物持ちがいいんですね」

　懐中時計というのもレトロで素敵だ。

　千晴の言葉を聞いたソールの目の色が柔らかくなる。

「今じゃ形見のようなものだからな」

あ。

千晴は息を呑んだ。

いつもぶっきらぼうで怒ったような顔ばかり見せていた男が、祖母を思い優しげな笑みを浮かべている。

やっぱりすごく好きだなあと、千晴はしみじみ思った。この人が好きだ。好きで好きで好きで、膨れ上がった気持ちが爆発してしまいそう。

「チハル？　どうした」

必死に己を抑えようとする千晴を追撃しようとするように、ソールが身を乗り出し、顔を覗き込んでくる。

目の前に突き出された顔を、千晴は息もできずに見つめた。

細い鼻梁。

質感の違う肌。

美しい碧の瞳――。

ずっと恋い焦がれていた顔が、目の焦点が合わないほど近くにある。反対側の肘かけに手を突き千晴に覆い被さるようにしているソールの熱量まで感じられる気がした。

心臓が、壊れてしまいそうだ。

睫毛が震える。時が止まる。

思わず目を伏せてしまったところで、何かが唇に触れた。

「あっ――――」

だがそれは、ソールの唇ではなかった。親指の腹でするりと唇を撫でられ――時の流れが元に戻る。

「タルトの屑がついていたぞ」

「ありがとう、ございます……」

タルトの、屑。

全身の力が抜け、千晴はふにゃふにゃとソファの背凭れに懐いてしまった。

「今日はもう遅い。帰った方がいい」

ソールがどんな顔でそう言ったのか、頭がぱんぱんになってしまった千晴は見ていない。

「はい……」

よろよろと立ち上がり逃げるように外に出ると、ソールはまた来いと言ってくれた。俯いたままはいと答えたが、千晴には当分ソールの顔を見られそうになかった。

ほうと憂鬱な溜息をついた千晴は、着信に気がつき立ち止まった。少し腰を捻るようにして、スラックスのポケットから振動する携帯を取り出し、液晶画面を確認する。

「はい。どうしたの？　母さん」

マンションへの残り少ない道を前へと進みながら、千晴は耳を澄ませた。

「週末？　いいけど――――え？」

エントランスに踏み込もうとしていた足が止まる。誰もいないがらんとした空間の先を見つめ、千晴は携帯に聞き入った。

「おじさまも来るんだ。――ん、わかった。必ず行く」

しばらく後、通話を切った千晴は複雑な表情を浮かべていた。

＋　＋　＋

まだ六月だというのに、やけに蒸し暑い夜だった。

ソールはいつもとは違い、髪を後ろに撫でつけ額を出していた。改まった黒のジャケットにネクタイまで締めている。

雨の気配があり、空気が湿っぽい。人々が家路を急ぐ中、ソールは悠然と歩みを進め、地下へ下りる細い階段の前に立った。タイミングを計ったかのように鳴り始めた携帯を耳に押し当てる。

色の薄い唇が流麗な英語を奏でた。

「ああ、姉さん、大丈夫だ。この日この時、この場所だろう？　――何もかも姉さんが占ってくれた通りに進んでいる。――そうだな、わかっている。彼が俺の金糸雀でなくても構わない。俺が彼を救ってやりたいんだ。対価はちゃんと払うつもりだ」

短い通話を終えると、ソールは携帯をしまい、薄暗い階段の続く先を見据えた。

階段を下りきったところは、バーの入り口になっていた。軽く内ポケットの上を押さえて中身があるのを確認してからソールは扉を開ける。

赤で統一された内装に、鴉の剝製《はくせい》。重厚な一枚板のカウンター。テーブル席がいくつもあるが、今そこには誰もいない。客はカウンター席にぽつんと座る女だけだ。

ソールはつかつかと女に近づくと、女の隣に腰かけた。

「ハイ」

女が訝しげにソールへと目を遣る。

「なあに、あなた」

マスターにジンライムを注文し、ソールは女に隙のない笑みを向けた。

「俺はアンヴィル。おまえと取引をしたい」

「取引？」

ソールは無頓着にカウンターの上に置かれていたピスタチオを摘む。

「おまえは困っている。己を抑えられず傷害事件を起こしてしまったせいで。見た目はか弱い女性だし、これまではこんな大事にはならなかったら高《たか》を括《くく》っていたんだろう。だが、今回の被害者の保護者は力を持っている上極めて機嫌が悪く、おまえを徹底的に叩き潰そうとしている。

——違うか？」

女は顔を歪めた。

ソールの言う通りなのだ。

「あなた、私に喧嘩《けんか》を売っているの？」

白い襟《えり》のついた紺のワンピースに、ハーフアップにした長い髪。清楚に装った女は男なら誰でも気を引かれるような容姿を誇っていたが、ソールは事務的に話を進めてゆく。

「まさか。取引をしたいと言っただろう？　それも、おまえにとってとても有利な取引だ」

「私を今の立場から救い出してくれるのかしら？」

「そうだ」

「なんの為に？」

ソールはただ一人の観衆であるマスターに差し出されたグラスを受け取り、一口呑んでから唇を開いた。

「俺の事情を説明する気はない」

スツールの上でゆったりと足を組み直し、ソールは優位に立つ者の余裕を見せつける。

「おまえはカシワに普通の意味での好意を持っていた訳ではないんだろう？　むしゃくしゃしていた時にふと彼の存在を思い出したから、つついてみただけ。おまえの望みは他人の上に君臨する事だ。己に脅え、思う通りに右往左往してくれるであろう相手なら誰でもいい。――おまえのような女にはいかなる情報も与えたくないな」

女は綺麗な色のカクテルで喉を潤すと、涼やかに微笑んでみせた。

「ねえ、私、地元じゃおとなしいお嬢さんで通っているのよ？　そう見えない？」

「だが本当は他人を足下に跪《ひざまず》かせたいと思っている。――その願いを叶えてやろう」

「誰が跪いてくれるのかしら？」

「今のおまえの敵だ」

つまり――棟方。

ソールの意図を理解した女の表情が変わった。

「取引って言ったわよね。私は何を対価にすればいいのかしら」

「俺とヨシノと名のつく者の事を考えないようにしてくれればいい」

「――いいわ」

女は不思議そうに首を傾げたものの、あっさり取引に応じた。女にはなんの損もない取引に思えたのだろう。

人の心の中は見えない。約束を破ったところでバレる心配はない。そもそも、もし目の前にいるこの男の言う事が全部嘘だったとしても女にはなんら痛痒はないのだ。――普通ならば。

「では、血を」

ただ、契約を交わす段階になってソールがナイフを差し出すと、女は初めて不安そうな顔を見せた。

「まるで悪魔と取引するみたいね」

それでも言われた通りに指先をつつき、ナプキンに染み込ませる。

ソールは懐《ふところ》から出した紙包みを広げ、ナプキンを加えた。複雑な文様が描かれた紙にはあらかじめ汚い小枝や得体の知れない骨片が包まれていた。オニキスが方々を飛び回り集めてきた貴重な品々だ。

紙の余った部分を捻って口を閉じると、ソールは灰皿の上に載せ、マスターに借りたマッチで火を点《つ》けた。青い炎が上がり、紙包みが一瞬で灰と化す。

『うまくいったみたいだな』

鴉の剝製がひょいと頭をもたげ、女の顔を覗き込んだ。

女は灰皿の中を眺めようとした姿勢のまま凍りついていた。

呼吸はしている。心臓も最前と同じように脈打っているが、その目は何も映していない。

「ああ。ムナカタとこの女の運命を結びつけた。誓約を加えたから、この女はもう、チハルの事を考えられない」

忘れてしまう訳ではない。ただ思考をそこに留めておけないから、どんな感情も抱けなくなってしまっただけだ。

この女は凶暴だ。棟方を手に入れたら、その周囲にまで被害を及ぼしかねない。それでも、なんとも思わない相手を害す事はできない。

『契約は成立した！　すごいや、主！』

「驚くような事じゃない。この女とあの男の相性は抜群だった。ちょっとつつくだけでチハルを外した新しい環《わ》が自然と出来上がる」

かつてアンヴィルの先祖は、魔女と呼ばれ狩られた。だから一族の者たちは技を秘匿した。長い時を経て血も記憶も薄くなり、今では魔女などという存在を信じる者はいなくなったが、ソールたちは確かに人にあらざる不思議な力を持っている。

「これでもう、この女もあの男もチハルを傷つける事はない。お互いだけを見つめ、歪んだ幸せを手に入れる事だろう」

灰皿に残った灰を新たなナプキンに包むと、ソールはスツールから下りた。

「――協力に感謝する。マスター、これは礼だ」

金を渡すと、マスターは気遣わしげに女を眺める。

「この人は大丈夫なんですか？」

「ああ、しばらくしたら何事もなかったように動きだす。そういう――催眠術をかけたからな」

理解しやすい嘘を与え、ソールはオニキスを肩に乗せた。

『あとはチハルに金糸雀の印があれば何もかもうまくいくのにな。――なあ、なんでこの間、チハルにキスしようとして止めたんだ、主』

オニキスが、があ、と割れた溜息を漏らす。

「まだそうするべきではないと思ったからだ。考えてみれば俺はチハルに冷たくあたるばかりで、求愛するに足る何も示してはいなかったからな。だが」

ソールは灰を包んだナプキンが入っているポケットの上を押さえた。

「もう遠慮するつもりはない」

ソールの唇にうっすらと笑みが浮かぶ。

+　　+　　+

「……あ」

目の前のウィンドウへと目を遣り、千晴はびくりと肩を揺らした。

外が暗いせいで鏡のようになった硝子に自分が映っている。そのすぐ後ろにソールの姿が見えた。

「こ、こんにちは。あの、びっくりしました。買い物ですか？」

「いや。外からチハルが見えたから」

何気ない一言に心臓が跳ねる。

千晴は俯き前髪を引っ張った。

落ち着け。きっと他意はないんだ。ただ知り合いがいるのに気がついたから声をかけようとしただけ。特別な意味なんかない。

「チハルは日本酒を呑むのか？」

前に会ってから一週間以上経っていた。

着古したジーンズにカットソーという格好のソールが問う。ウォルナットブラウンのワッフル地越しに、しっかりと筋肉のついている軀のラインがはっきりとわかって、千晴は男同士なのにどぎまぎした。

「え？　あ、ええと、嫌いじゃないですけど、今日は大将のライブだから、差し入れを持っていこうと思って」

千晴がいたのは、壁一面にボトルが並ぶ酒屋だった。足下の棚には、日本酒の入った一升瓶が買ってくれとアピールしている。

「サシイレ……。俺も同じのを買ってもいいか？」

何も考えずに出てきたのだろう、ソールは手ぶらだ。

「それなら、一緒にもうちょっといい酒を買っていかない？」

「そうさせてもらえると助かる」

日本酒はよくわからないらしいソールの代わりに酒を選び、熨斗《のし》をつけてもらう。会計を済ませると、ソールがさっと重い瓶を持ち酒屋を出た。そのまま大将の定食屋まで小脇に抱え運んでくれる。

「今日はオニキスは一緒じゃないんですか？」

きょろきょろとあたりを見回して鴉の姿を探す千晴に、ソールは苦笑いをした。

「外でオニキスと一緒に行動する事は滅多にない。変に注目されてしまうからな」

「あ……」

千晴は口元を押さえた。オニキスは他の鴉とは違うが、他の人間にそんな事はわからない。ソールはきっと随分厭な思いをしてきているのだろう。

「どうしてそんな顔をする」

「え？」

ぼそりと問われ目を上げると、ソールが静かに千晴を見つめていた。

「チハルには関係のない話だろう？」

悪い事など何もしていないのに、千晴はおどおどと目を逸らす。

「関係はない、けど……オニキスは悪さをしないのに可哀想だなと思って」

ソールの目が細められる。

祖母の話をしていた時と同じ、柔らかな色を湛えているのに気づき、千晴の体温が上がる。なんだか空気が甘い気がするが、きっと気のせいだ。今日はキスを待つような恥ずかしい事はしないぞと気を引き締める。

酒屋は定食屋と同じ商店街にある。さして歩かないうちに、いつもと違う賑わいの定食屋が見えてきた。

普段二方を囲っている格子戸が取っ払われている。テーブルもない。その代わりにあちこちから掻き集めてきたのだろう、色々な種類の椅子が並んでいる。車の通れない細い路地を挟んで向かいにある居酒屋も店を解放し、椅子を並べていた。二店舗ともごく狭い店なので、路地にまで人が溢れている。

店主はいつも店に出る時と同じ、紺のバンダナと前かけ姿だった。他のメンバーも作務衣《さむえ》だったり、穴の開いたジーンズだったりと、普段着と変わりない。

人波を掻き分け差し入れを渡しに行くと、店主は人懐っこい笑顔を見せた。

「おお、来てくれたのか！　アンヴィルさんも、ありがとうな」

その足元には幼い子供が二人、纏わり付いている。

「シャミセンは聞いた事がない。楽しみにしている」

「これ、俺たちから差し入れです。あの、頑張ってください」

「にいちゃんには色々手伝ってもらったもんな。びしっと決めねーとな。ちっと待ってな。振舞い酒、出すから」

渡したばかりの日本酒が開けられ、店主の妻が紙コップに注いだ酒を配り始める。ソールと千晴も一つずつコップを受け取ると、カウンター近くに落ち着いた。

「あ、おいしい」

酒に弱い千晴は澄んだ酒をちびちびと舐める。それだけでもふわりと心地よい酔いが血管を駆け巡った。

目を潤ませ顔を上気させた千晴は男のくせにやけに色っぽく、周囲の視線が集まる。

「チハル」

あっという間にカップを空にしたソールに促され下を見た千晴は、びくっとしてソールのカットソーを握った。店主の子供がビー玉のような目を見開き、千晴の足にしがみついている。慌てて親を探すと、振舞い酒を配るのにてんやわんやになっていた。知り合いばかりがひしめいている場所だから安心して放置しているのだろう、今親の元に連れていっても邪魔になりそうだ。

ソールが珍しく口元をたわめる。

「借りてきた猫みたいだな、チハルは。何を見つめ合っているんだ」

千晴は情けなく眉尻を下げた。

「子供って、どう扱ったらいいのかわからなくて」

ぽよぽよとした幼い子供は、うっかりしたら壊してしまいそうで怖い。

「変な奴だな。オニキスとは平気で喋っていたのに」

「だってオニキスは、変な事を言っても笑ったり根に持ったりしないから」

「いや、結構しているが」

「え、嘘っ⁉」

気安い会話が続く。あんなにも恋焦がれていた憧れの人が当たり前のように隣にいる。

友人のようにソールが扱ってくれるのが、嬉しくて切ないが、きっとこれでいいんだろうと千晴は思う。

友人としてでいい。この人とこんな風にずっと付き合っていけたらいい。

だが幸せな時はそう長く続かないであろう事も千晴は知っていた。ソールには恋人がいるらしい。まだ見ぬその人とソールが一緒にいるところを見たら、きっと千晴は冷静ではいられない。

——それでも。

今だけでもこの幻のような幸せを噛み締めたい。

しゃがみこみ子供と目線を合わせて何やら喋っているソールを、千晴は柔らかな表情で見つめる。

開演時間になると、ビールケースで作った簡単な舞台の上に三羽烏が上がった。誰かが口笛を鳴らす。くだけた雰囲気の中で三味線の演奏が始まる。

習い始めてからそう長くないらしいのに、三人の演奏はなかなかのものだった。アルコールが回っている観衆もノリがよく、合いの手を入れたり野次《やじ》を飛ばしたりと、賑やかだ。

ライブはおよそ三十分で終わり、三味線をしまった大将がそのまま定食屋の営業を始めた。実にフリーダムなライブである。

「悪いが今日は立ち呑みな。その代わり、特別メニューで大サービスさせてもらうから」

「ついでにメジャーデビューに向けての作戦会議すっから、意見聞かせてよ」

「はは、大将、そりゃ風呂敷広げすぎじゃねーの」

「夢は大きく持たないと、つまらねえだろ？」

演奏が終わると散っていった客もいたが僅かだった。皆、紙コップを手に、飲む体勢に入っている。ソールもまたこの店の常連だったらしい、色んな人に声をかけられているのを見ていたらなんだか淋しくなってしまって、千晴は一気にカップの中身を飲み干した。

「にいちゃん、そんな端っこでなく、こっちに来なよ。今、お通し出すからさ」

大将に誘われたものの、首を振る。

「いえ、今日はもう帰ります。また来ますね」

コップをカウンターに戻し、それとなくその場を離れようとする。だが、いきなり腕を掴まれ、千晴は戸惑った。他の客と喋っていた筈のソールが逃さないとばかりに千晴を捕まえていた。

「チハル、帰るのか」

「あ、はい。お先に失礼します。だから、あの、手を離してください……？」

「待て。俺も帰る」

カウンターにコップを置くソールに、なんだよ、帰っちまうのかよと残念そうな声がかかる。

「俺なんか気にせず、楽しんでいけばいいのに……」

腕を引かれ人の間を縫《ぬ》うようにして進みながら呟くと、ソールがちらりと振り返った。

「だがチハルはこういう知らない人がたくさんいる場は苦手なのだろう？」

——どうしてそんな事を知っているんだろう。

休日のせいか、人通りが多い商店街を肩を並べて歩く。デートをしているみたいだ、と千晴は思った。

ちらりと横を見てみると、ソールもこちらを見ている。別に後ろめたい事がある訳ではないのに肩が跳ねた。急いで顔を反対に向けると、くく、とソールが笑う声が聞こえ——千晴は真っ赤になる。

普通にしなきゃ。

そう思うのに、どうしてもソールを意識してしまう。

「腹、減らないか」

唐突な問いに、千晴は無意識に胃の上を押さえた。

「ん……もう、夕食の時間だしね」

「シェパーズパイが余っているんだが」

千晴も自分のキッチンの状況を思い返す。

「うちも昨夜久々に作ったシチューが余ってたかも……」

「……そうか」

ソールの声のトーンが下がり、千晴は慌てた。

俺、変な事を言った？

おずおずと聞いてみる。

「あの、よければうちに来て、一緒に食べませんか？」

ソールの反応は速やかだった。

「……シェパーズパイを取ってくる」

急ぎ足にまだ少し先にある時計屋へと消えてゆく。千晴はあっけにとられてソールの後ろ姿を見送ると、公園の前の柵に腰を下ろして戻ってくるのを待った。

シェパーズパイがある、というのは、もしかして食事を一緒にしようという婉曲《えんきょく》な誘いだったのだろうか。

「……考えすぎ、だよね？」

でももしそうなら、すごく嬉しいんだけど。

ソールがマチの広い紙袋を提げて出てくる。

さらに三分ほど歩き、千晴はマンションにソールを招き入れた。午前中に掃除を済ませてあるので、室内は綺麗に片づいている。玄関に繋がる狭いキッチンと、三分の一がベッドで埋まってしまっている寝室。

フローリングが剥き出しになっているキッチンは薄ら寒いので、食事はラグを敷いた寝室で取っている。千晴はいつもの調子で座卓を広げると、まずはとビールを冷蔵庫から取り出した。

ソールは落ち着かない様子で室内を見回していたが、座布団を差し出すとあぐらを掻いた。

シチューとシェパーズパイをあたため、朝食用に買ってあったパンも出す。テレビのニュースを流しながらシンプルな晩餐《ばんさん》をつついていると、視線を感じた。

ソールがちらちらと千晴を見ている。

——なんだろう。

今日のソールはいつもと違う気がする。

「チハルに回し蹴りを食らわせたという女とはその後どうなっているんだ?」

「え?　あー、よく知らないんです。おじさまが対処してくださっているので」

「同僚の周辺に出没する事はなくなったのか?」

「はい」

頷いてから千晴はくすりと思い出し笑いをした。

「あの女性に付き纏われていた同僚、最近彼女ができたらしいんですけど、一日に百通もメールがくるらしいんですよね」

「……それは、普通なのか？」

「違うと思いますよ。あの人、いい人なんだけど、どうしてだか粘着質な女性にばかり好かれるみたい」

コップにほんの少しだけ注いだビールを千晴は飲み干す。振舞い酒も飲んでいるので、それだけでも充分いい気分だ。

「あれから、おじさまに呼び出されてないんです。怒っているのかと思っていたんですけど、若い女性と付き合いだしたみたい。おじさま、二回も離婚された事があるし、続くか心配だったんですけど、その、俺としたような事もその方とされているみたいで……この間、部下の方が俺を訪ねてこられたんです。おじさまとよりを戻してくれないかって」

「なに？」

怒りを凝縮したような声に、千晴は身を硬くし、皿の上に載ったシェパーズパイを見つめた。

「新しいお相手は乱暴すぎて、おじさま、生傷が絶えないみたい。気の毒だけど、もちろん断りました。部下の人には申し訳ないけど、おじさまが他の人に関心を向けてくれて嬉しい……」

ソールが静かにカトラリーを置いた。どことなく満足そうな様子に、あれ？　と千晴は思った。なんだかこうなる事を予期していたみたいだ。まさか、と思いつつも千晴は聞いてみる。

「もしかしてアンヴィルさん、俺の事、占ってもらったりしました？」

ソールの唇の端が持ち上がった。

――占ったんだ。そして何かした――？

「……こうなる事も予見していたんですか？」

ソールが静かにカトラリーを置いた。

「そうだ」

ざわりと千晴の身の裡に不穏な波が生じた。

「……本当に魔女の末裔、なんだ……」

「怖くなったか？」

すうっとソールの目が細められる。千晴は魅入られたようにその目を見つめながら首を振った。

「そんな事ないです……！」

確かにソールは、怖い。

ちょっとした眼差しや冷たい仕草、向けられる感情の全てに、千晴は揺れてしまう。だがそれは、異端に対する恐怖ではない。

――恋するが故だ。

ソールが表情を緩め、大きな掌でぐしゃぐしゃと千晴の髪を掻き回した。

「ついでに教えておいてやるが、チハルが奴を心配する必要はない。奴は言っていなかったか？

もっと酷い事をしてほしいと」

「それは……」

「奴は至上の幸せを手に入れたんだ」

至上の幸せ――？

千晴には結局理解できなかった、棟方の欲望。それを満たせる人がいた？

ひどく危うい感じがしたが、寿《ことほ》ぐべきなのかもしれなかった。人によって幸せの形は違う。理解できないからといって否定するのは間違っている。千晴の幸せだって、多分外から見れば異常なのだ。

それに、と千晴は真に大事な事に思い至る。

これで本当に俺はおじさまから解放された――？

奇異な感じがした。もがいてももがいても千晴にはどうにもできなかったのに、ソールに話した途端何もかもうまくいくなんて。

魔女、という不穏な単語が千晴の中で存在感を増す。

でもいい、と千晴は余計な考えを頭の中から振り払った。この人が何者でも構わない。

「この間、ね。母に紹介したい人がいるからって、呼び出されたんです。その時点で大体予想はついたんですけど、やっぱり再婚したいって話で、母の彼氏を紹介されました」

母は、千晴が初めて見る明るい色のワンピースを着ていた。恋人に笑いかける母は、千晴の知らない顔をしていた。

「相手の方を紹介してくれる母はすごく幸せそうで、なんだかびっくりしてしまうのと同時に胸が苦しいくらい羨ましくなってしまって」

今も、苦しい。ソールが好きで好きで、でもこの恋心をどうしたらいいのかわからなくて。

「俺も幸せになりたいなって思った。ねえ、アンヴィルさん。もしアンヴィルさんが本当に魔女の末裔で魔法が使えるのなら、俺にもかけてくれませんか？　美人でなくてもいいんです。俺みたいな奴を好きになってくれる人と出会える魔法をかけてほしい……」

本当はあなたが好きになってくれたら一番嬉しいんだけど、俺はあなたに釣り合うような人間じゃないから。

誰でもいい。あなたを忘れさせてくれる人が欲しい。

アナウンサーの理知的な声が、興味の湧かないニュースを告げる。

ソールはしばらくの間黙っていたが、やがて千晴に向かって身を乗り出した。

「必要ない」

とても優しい感触が唇に押し当てられる。

食《た》べ滓《かす》を取ってくれる指ではない。ソールの唇だ。

――どうしてソールがキスしてくれるんだろう？

からからと思考が空回りする。どう解釈したらいいのかまるでわからない。

もしかして俺の事を好き――？　でもソールには――。

気がつくとくちづけは終わっていた。ソールは身を寄せたまま、大きく目を見開き凍りついている千晴の反応を待っている。

「あの……」

頭を僅かに傾けて問うと、うん？　と生真面目な返事が返ってきた。

「あの、アンヴィルさんて、決まった人がいるんですよね……？」

そうだ。確かに定食屋でそう言っていた。その人以外考えられないと。

ソールはしっかりと頷いた。

「ああ、いる」

――否定、しないんだ。

頭の芯が冷たくなっていくような気がした。

大きく胸を喘がせ、千晴は俯いてしまう。

一途な人なんだと思っていた。その相手が自分ではない事は哀しかったが、あの話を聞いて余計ソールを好ましく思った。

千晴はソールが好きだから、接吻されればどうしたって浮かれてしまうけれど、浮気は駄目だ。

「そういう人がいるのに、どうしてお、俺にっ、こんな事するんですか……？」

「好きだと思ったからだ」

――――好き？

まるで綿飴みたいに、ちっぽけなザラメのように凝り固まっていた心がふんわりと甘く膨らんだ。

どうしよう、嬉しい。嬉しいけれど、これはいけない事だ。

「その人の事はどうするつもり……？」

ソールはベッドに寄りかかり、楽な体勢に落ち着いた。

「聞け。俺の一族では、誕生日が来ると全員が集まってパーティーをする。そしてその日の主賓には、一番占いが上手な者に占ってもらう権利が与えられる。六歳の誕生日には食べていいプディングの数が、八歳の時には選ぶべき使い魔の種類が、そして十歳の時には未来の恋人について教えられる」

占い。

確か必ず当たるという話だった。

千晴がこそりと目を上げる。

「俺は金糸雀を探せと言われた。それが俺の運命を見いだす為のキーワードだと。チハルは金糸雀に心当たりはないか？」

千晴は考え込む。

「……あの、金糸雀って、本物の金糸雀、ですか？」

「わからない。姉の場合は百合《ゆり》の印だったが、紋章の事だったらしい。サファイアと告げられた叔母は、それは美しい青い瞳の恋人と結婚した」

金糸雀の印が見つかれば、自分でもソールの恋人になれるんだろうか。

気持ちが弾んだが、いくら記憶の中を探ってもそれらしきものは思い当たらない。

それに、と千晴は不思議に思う。

「どうして俺に聞くんですか？　もうアンヴィルさんにはいるんですよね？　金糸雀の印を持つ恋人が」

「いや。ずっと探しているんだが、まだ見つかっていない」

あっさりと否定され、千晴は驚いた。

「でも、大将と話している時……！」

「俺が外国人で珍しいからだろう。フリーだと言ってしまうと面白がった尻の軽い女が寄ってくるからな。問われたらわざとそういう言い方をするようにしているんだ。誤解させてすまない」

指の甲でするりと頬を撫でられ、千晴は首を竦める。

じゃあソールに恋人はいなかったのか……？　もし自分に金糸雀の印があれば、ソールの恋人になれる？

「でも俺には金糸雀の印なんかない……」

幸せな気持ちが零れ落ちてゆく。千晴には何もなかった。金糸雀にまつわるものなんて、何も。

「なら、仕方がない」

――え？

ソールの一言で頭の中が真っ白になった。

仕方がない？　それってつまり、千晴とは——これきりだという事？

「祖母が占ってくれた相手はこの世界のどこかに必ずいる。とはいえまだ出会った事もないし、俺はチハルを好きになってしまった。俺はもう、金糸雀を探さない」

「——アンヴィルさん……？」

「俺の運命は俺が決める。占いの結果がどうであろうと、俺はチハルが欲しい。他の者など要らない」

——きっと、これは夢だ。

だって現実にこんな事がある訳がない。ソールが自分を好きだなんて。運命が定めた恋人を捨てても自分を選んでくれるなんて。

「で、でも、占いは必ず当たるんですよね……？　俺なんて選んだらそのうち間違いだって後悔する事になるかも……」

「後悔など、絶対にしない」

「そっ、それに俺はおじさまとあんな事していたし……！」

ソールに選んでもらえるような人間じゃない。

「女装して踏むくらい、どうって事ない。チハルは家族を守るのにそれが必要だと思ったからそうしたんだろう？　まあ、もしチハルがそれを楽しんでたというのなら……」

「なら……？」

楽しんでなどいなかったが、ソールがなんと言うのか不安で、千晴は息をつめた。

「俺もそういうプレイを楽しめるようにならねばならないだろうな」

一体何を言っているんだろう、この人は。

身を乗り出してきたソールがちゅ、と音を立てて頬にくちづける。

「俺と結婚してくれ、チハル」

それから唇の上にもう一度。

「それとも俺にこんな事をされるのは厭か？」

唇が、震えた。

「厭な訳、ない」

だってずっと好きだったのだ。

千晴が小さな声で答えると、ソールは嬉しそうに目を細めた。

「チハルに触りたい。……いいか？」

「う……うん……」

シャツの裾からソールの手がするりと入り込んでくる。

脇腹から腰にかけてのラインをゆったりと撫でられ、千晴はうっとりと目を細めた。

ソールの手は、さらさらしていて気持ちがいい。それにとてもあたたかくて、肌に馴染む。

今度は首筋にくちづけられ、千晴は熱い溜息をつく。

軀の一部が触れているだけなのに、距離感が変わる。ソールがすごく近くに感じられて、何もかも蕩《とろ》けてしまう。

中毒に、なりそうだ。

軽く顎に添えられている指先も、千晴を食べようとしている唇も、肌をくすぐる吐息までもが千晴をときめかせる。

引き寄せられるままに、千晴はソールの膝の上に乗った。あぐらを掻いた膝の上でぴったりと軀を重ね合わせる。

——あ、当たってる……。

まだそう硬くないソールを感じた。千晴のモノもソールの腹に押し当てられている。甘やかな熱にどぎまぎした。

「チハル、キスを」

「あ……う、うん……」

ねだられて、千晴は真剣な顔でソールの顎に手を添える。される時はただ気持ちいいだけだったのに、するとなるとひどく緊張した。

きつく目を閉じてそっと唇を押し当てると、もっとと催促するように舌先で舐められる。

「ん……」

ほんの一瞬、さらりと通り過ぎていっただけの感触に、ぞくぞくした。

もっと味わいたいという欲求にそそのかされるまま、千晴は薄く唇を開く。ちろりと唇を舐め返してみると、先刻は舐めるだけで去っていった舌が口の中に入ってきた。

「んん……っ」

背中に回った腕に強く抱き竦められる。誰とも付き合ったことのない千晴は初めての経験に流されるしかない。

まるで別の生き物のように蠢《うごめ》く舌に好き放題に口の中を舐められる。きつく抱き竦められている為、ソールが千晴を貪る角度を変える度、軀の間に挟まれているアレが擦れて、むずむずする。

すごくえっちな気分だった。

ソールに触れられているところが、気持ちよくて仕方がない。

軀中がねだってる。もっとして。もっと触って。もっといやらしい事を教えて、と。

バックルが外され、スラックスの前が開かれる。ソールはそっと千晴をラグの上に寝かせると、穿いていたものをまとめて抜き去ってしまった。棟方を訪ねた時に剃《そ》ってしまったせいでまだつるりとしている足と、緊張している性器が露《あらわ》になる。

ソールは千晴の足の間に座り込むと、無防備に晒されたモノへと手を伸ばした。

敏感な部位を捕らえられ、千晴はびくりと腰を揺らす。

興味深げな視線が恥ずかしい。同じ男であるからわかるのだろう、過敏に反応してしまう場所に戯れるように触れられて、呼吸が乱れた。

「あ、あ……」

感じてしまう。

じっとしていられなくて、千晴はソールが間にいるせいで閉じられない足をもぞもぞと動かした。

平然としていたいのに、ソールの手の中で千晴のモノはどくどく脈打ち、淫《みだ》らに形を変えてゆく。ほんの些細《ささい》な刺激も無視できない。

こんなに敏感に反応してしまうなんて、いやらしい奴だと思われないだろうか。

「あ、あ、あの……」

肘を使ってずるりと軀をせり上げる。双珠を指先で揉んでいたソールが、邪魔をするなとばかりに片眉を上げた。

「どうした」

「恥ずかしい、です……」

もぞ、と胸に足を引きつけ、邪魔になっていたソールの軀を避けて膝を閉じようとすると、大きな掌が邪魔に入った。膝を摑まれぐいとまた開脚させられ、千晴は目を潤ませる。

「恥ずかしい？　何が恥ずかしいんだ？」

蛍光灯を背にしたソールに見下ろされ、千晴はおどおどと目を逸らした。

「そんな場所を見られるのが。……触られるのも」

「それはこんな風に——」

敏感な先端の割れ目を親指の腹で擦られ、千晴は息を呑んだ。

「濡れてきてしまっているからか？　チハル」

ソールが千晴の目の前に手を差し出す。目の前で、軽く親指を人差し指を擦り合わせてから離すと、つうと透明な糸が伸びた。

もう千晴のソコは淫らな蜜《みつ》を溢れさせ始めているのだ。

己の躯の淫乱《いんらん》さを見せつけられ、千晴は真っ赤になった。

「あ、灯りを、消してください……っ」

「断る」

「え……ええ……っ!?」

なんの躊躇《ちゅうちょ》もなく拒否され驚いた千晴が見上げると、ソールは熱に浮かされたような顔をしていた。

「全部見たい。見せてくれ、チハル」

「うう……っ」

嘘……。

ソールが心からそれを望んでいるのだと知ってしまったら、千晴には我を張る事などできない。

「じゃ、じゃあ、アンヴィルさんのも……っ。アンヴィルさんのも見せて、ください。俺だけなんて、不公平です」

「不公平？」

ぺろりと指先を舐めたソールが鋭い双眸を千晴に向けた。

「確かにそうだな」

悪戯っぽく微笑むと、ソールはジーンズのベルトを外し始めた。前を開けて下着をずり下ろし、ペニスを剝き出しにする。

千晴はまじまじとソールのモノを見つめた。ソールもちゃんと欲情していた。

「触っても……？」

上目遣いにねだると、ソールがこくりと唾を飲み込む。

「ああ」

千晴はさっきされたように、両手で屹立《きつりつ》を包み込んだ。

掌にソールの熱と確かな質量が感じられ、眩暈がしそうだ。

自分でするのとは角度が違ってやりにくいが、上下に扱《しご》いて愛撫《あいぶ》する。具合はどうだろうかと様子を窺うと、ソールは俯き息を弾ませていた。千晴が見ている事に気がつくと、うっすらと微笑む。

「チハル、もっと触ってくれ」

うっとりとした表情に、千晴もくらくらしてしまった。

もっともっと気持ちよくなってくれたらいい。

こくんと頷き夢中になって愛撫していると、ソールもまた千晴のモノに手を伸ばしてくる。

「チハル、気持ちいいか？」

「ん……」

再びペニスを包み込んだ大きな掌に今度は荒っぽく手淫され、千晴はしっかりとした肩口に顔を伏せた。大きな掌が往復する度、快感が下腹から神経を伝って全身に広がってゆくような気がする。

躯中が性器になってしまったのかのよう。ソールが手を動かす度、僅かに振動する服にさえ興奮する。いつもとは違う血が全身を駆け巡り、どこもかしこも愛撫してほしくてうずうずした。

「あ……っ、あ……。アンヴィルさん、気持ちいい、です……っ」

蕩けた声で告白すると、ソールがほっそりとした腰を引き寄せた。

手がペニスから双珠の更に奥へと滑ってゆく。後ろの入り口をくすぐられ、千晴は淫らに揺らめいていた躯を硬直させた。

「あ……」

「大丈夫だ」

一旦指を舐め、たっぷり唾液で濡らしてから、ソールが再び蕾《つぼみ》を探る。

一本だけ、つぷりと入ってきた指に千晴は脅え、ソールの肩に縋りついた。

男同士のセックスでは後ろを使うんだっけ。

「痛くないか？」

それなりの存在感のある指を一本だけとはいえ付け根まで押し込まれ、千晴は不明瞭な喉声を上げた。

「は……はい……」

本当はすごく変な感じだったが、そんな事は言えなかった。

……ここにソールのを挿《い》れるんだろうか。

手の中の質量を考えれば怖かったが、触り合うだけじゃ物足りない。千晴の全部を、ちゃんとソールのものにしてほしい。

ほぐそうとしているのだろう、軀の中でソールの指が柔らかく曲げられ、内壁が押し広げられる。

「ひゃ……っ」

ある一点を押された瞬間、千晴は背中を仰け反らせた。指が食い込むほど強くソールにしがみつき、ぶるぶると震える。痛がっていると思ったのか、ソールが動きを止め千晴の様子を窺った。

なに、これ。

今の今まで、ただ肉をこねられているという感じでしかなかったのに、全然違う。一瞬でスイッチが切り替わってしまったみたい。軀がすごく切なくて——ソールに触れられている部分からほろほろ崩れてしまいそう。

「あ、そ、そこ……」

思わずそう呟くと、ソールの指が動いた。ぬくぬくとそこを揉んでくれる。

「あ……っあ……っ」

もっとしてほしいけれど、してほしくない。強すぎる刺激に勝手に躯が逃げてしまう。爪先に力を入れ腰を浮かせた千晴を、ソールは逃がさないとばかりに引き寄せ、覆い被さるように首筋にくちづけた。

「だ、め……です……っ。そんなコト、したら……」

おかしくなってしまいそう。

堪えられなくなりもがいたが、ソールは執拗に千晴のソコを虐めるのをやめない。それどころか唇を塞がれてしまい、千晴は息をつめた。

唇の隙間から侵入してきた舌にぬるりと口の中を舐められる。

「んん……っ」

たったそれだけで、ざわりと躯の内側が騒いだ。

キス、気持ちいい……。

肉厚なソールの舌が蠢く度、千晴の躯は変わってゆく。より強く快楽を感じたいと、貪欲になってゆく。

ああ――――もっと。

指と舌で愛撫され、千晴は腰をひくつかせた。既に前は硬く張りつめ、漏れ出した蜜で濡れている。

「あ……アンヴィル、さぁん……」

貪られる合間に熱っぽい吐息を漏らすと、腰に響くような低い声で訂正された。

「ソールだ」

「ソール、さん……？」

操られたように復唱してみたら、言い慣れない言い方に急に恥ずかしさが込み上げてきて、千晴は真っ赤になって下を向いてしまう。

「さんもいらない」

はむ、と耳たぶを噛まれて、千晴は震えた。

「ソール……」

キスをする度、恥ずかしい姿を見られる度、とても遠いと思っていた距離が縮まってゆく気がする。

「チハル、今にもイきそうな顔をしているぞ」

くすりと意地悪く微笑まれ、千晴は慌ててソールの肩に顔を伏せた。だがすぐ逃げては駄目だとばかりに弱みを刺激され、弱々しい悲鳴を上げる。

「んっ、や、本当にイきそ、です、から……っ」

「ここが気持ちいいんだな？」

ぐいぐいとソコばかりを責められ、千晴は腰をくねらせた。

「あ……っ、んっ、いい……っ、いい、けど、ソコだけじゃ……」

足りない。

「そこだけじゃ、なんだ？　こっちもしてほしいのか？」

くい、と濡れた先端を撫でられ、千晴はぶるっと軀を震わせた。

「ん……っ、して。ソールの手で、イきたい、です……っ」

ソールの眉間に深い皺が刻まれた。

「チハル……っ」

前と後ろを同時にいじられる。

先刻とは違う、ソールの切羽つまった欲望を反映したような荒っぽい責めに、千晴はよがり、身悶えた。

「あん……っ、いい……っ、気持ちいい。あ、ソール。も、出る……出ます。あ、ああ……っ」

顔が熱い。きっと真っ赤になっている。

ソールが見ているのに、なんて醜態を晒しているんだろう。

まるで女の子みたいな声を出して、淫乱に腰を振って。

駄目だと思うのに、気持ちいい。それどころか——。

快感が弾けた。

ソールの視線を感じながら千晴は唇をわななかせ、白濁を飛び散らせる。

赤く染まった目元を、ソールが舌先でなぞった。

「あ……ん……」

「随分たくさん出たな」

ソールがテーブルの上にあったティッシュを引き抜き、白濁を綺麗に拭き取る。

千晴は荒い息をついていたが、手を取られてとろんとした目でソールを見上げた。

「少し手を貸してくれ」

「あ……」

いきりたったペニスを握らされる。その上からソールが手を添え、扱き始めた。

——うわ。

眉根を寄せ目を瞑《つぶ》っているソールの感じ入った表情に、なんだかぞくぞくしてくる。——興奮して、しまう。

でも、どうして手なんか使うんだろう。

やがてソールも達し、千晴の腹に精液を撒き散らした。

しばらく千晴の頭の横に手を突き荒い息をついていたが、息が落ち着くと、ベッドの上に投げ出してあったシャツを引き寄せ、千晴の下半身にかける。

千晴は瞬いた。これで終わりにするつもりなのだろうか。

「ソール？　あの、こっちにも入れるんじゃないんですか？」

言ってしまってから赤くなる。これではまるでねだっているようだ。――実のところ、その通りなのだが。

ソールはベッドに寄りかかり、汗で湿った前髪を掻き上げた。

「それは次にしよう。チハルのここは指を二本入れるのが精一杯の狭さだからな」

「で、でも……」

したい。

みぞおちの辺りから不安が湧き上がってくる。

千晴はソールの仮初《かりそ》めの恋人に過ぎない。本当の伴侶《はんりょ》が他にいる。

ソールは千晴がいいと言ってくれたが、だからといって安心できる訳もなかった。この関係はいつ終わりを迎えるかわからない。そんな気がする。

心がもっとソールが欲しいとわめいている。好きなら、爪先まで全部をソールのものにして欲しいと。

――こんなんじゃ足りない。

千晴はきゅっと眉間に皺を寄せた。

「どうした、チハル。怒っているのか?」

「ん――――」

ぐるぐる、ぐるぐる。千晴は考える。

どうしたらいいのかわからない。

我が儘《わまま》を言って嫌われたくないし、淫乱な奴だと思われるのも厭だ。

でも、ここで我慢して、もし明日本当の伴侶が現れたら、千晴は永遠にソールに抱かれる事ができなくなってしまう。そんなの――

「厭だ」

まるで輪ゴムが切れるように、同じところをぐるぐる回っていた思考が解き放たれ、千晴はソールを挑発的に睨みつけた。

悪いけれど、ソールの言う事は聞けない。何がなんでも今ここで、この男をモノにする。

むくりと起き上がると、千晴はラグの上を這った。乱れたままの服装でベッドに寄りかかっているソールの膝を掴む。

「――――え?」

「あむ」

満足して弛緩《しかん》していたものにおもむろに食いつかれ、ソールは硬直した。

「んふ……っ、んむう……っ」

抵抗されないのをいい事に、千晴は尻を突き出すように両膝を立て、姿勢を安定させる。ソールの股座《またぐら》に顔を突っ込み、喉の奥までくわえ込んでしまう。

「チ、チハル……っ、う、あ……っ」

狼狽したソールが腰を引こうとするが、許さない。重たげに実っている双珠にも手を伸ばし、揉んでやる。

——あ、大きくなってきた……。

慣れない愛撫に応えるように口の中のモノが膨らんでくると、千晴は上目遣いにソールの顔を窺った。

ソールは関節が反り返るほど強く、ベッドの枠を握っていた。薄く唇を開き、喘いでいる。感じてくれているんだ。

そう思ったら嬉しくなってしまい、千晴は猛々《たけだけ》しく脈打っている皮膚の表面に、丁寧に舌を這わせた。

「何をする、チハル。痛いのは厭だろうと思って、我慢するつもりだったのに」

欲望に屈しつつも非難され、千晴は、ぬぷ、と唾液の糸を引き顔を上げた。挑発的に眉を上げ、ソールを睨《ね》めつける。

「痛くてもいい。俺はソールが欲しいんだ」

千晴は厚みのある肩を摑み膝立ちになった。

そのままソールの膝を跨《また》ぎ挿入を試みようとしているのを察知した腕が、慌てて千晴の細い腰を摑んで阻止する。

「待て、まだ挿れるのは無理だ」

「放せ……っ！　絶対するんだ……っ」

「わかった！　わかったから……っ！」

千晴の腰を抱いたまま、ソールが立ち上がる。ベッドの上に下ろされ、千晴は跳ね起きようとしたが、それよりも早くソールが重石のようにのしかかった。

「ん――――っ」

もがく千晴の脚の間に、ソールの手が挿《さ》し入《い》れられる。

先刻までいじっていたせいで多少は柔らかくなっていたのだろう、千晴の蕾は長い指を容易く呑み込んだ。すぐに指が増やされ、二本の指が千晴の中を慣らし始める。

「あ……あ……っ、んん……っ」

ベッドカバーをぎゅっと握り締め、千晴は喘いだ。

してくれる気になったんだ。

ほっとしたら、急に恥ずかしくなった。

俺、なんて破廉恥な事をしてしまったんだろう。ソールに呆れられやしなかったろうか。

おろおろとソールの様子を窺うと、こつんと額と額と押し当てられた。

緩急をつけてイイ場所を刺激される。軀の間に熱く燃えるソールを感じる。

これが、欲しい。

「早くあなたのものになりたい……」

譫言《うわごと》のような訴えに、ソールの表情からも余裕が消えた。最前からの千晴の痴態に、ソールとて昂っている。

「チハル、後ろからする。膝を立てろ」

「ん……」

ちゃんとしてくれる気になったのだと理解した千晴は素直にソールの言う事を聞いた。ついでに汗で湿ったシャツも脱ぎ捨て全裸になる。その間にソールが、どこからか取り出したローションを掌に垂らした。

「どうして、そんなもの、持っているんですか……んっ」

一気に三本の指を突き入れられ、千晴が息を呑む。

「チハルとこういう事をする為だ。面倒な仕事が片づいてからずっと、チハルとゆっくり話せる機会を探していた」

「本当に……？」

鼻の奥がつんと痛くなる。

嬉しい。

それから随分長い時間が流れたような気がした。千晴の中が充分柔らかくなると、ソールは指を引き抜いた。

服を全部脱ぎ捨ててから、千晴の背にのしかかる。

入り口が更に大きく押し広げられ、指とは比べものにならないほど大きくて熱い剛直が押し入ってくる。

「く……っ、う………！」

「大丈夫か、チハル」

大丈夫じゃ、ない。

――でも、繋がっているんだと確かに感じた。すごく熱くて堅いモノが自分の中で脈打っている。すごく痛いのに、ようやくソールと一つになれるんだと思ったら幸せな気持ちが込み上げてきて、千晴は震える息を吐いた。

――――好き。

改めて思う。

この人を愛してる。

長大なモノを全て収めると、ソールがねぎらうように背にくちづけてくれる。

その動きが止まった。

「……チハル」

「――――はい」

「金糸雀だ」

ソールの指が、右の肩胛骨《けんこうこつ》の陰に触れた。

「――――え」

「金糸雀が、ここにある。十円玉くらいの疵《きず》だ」

軀を捻って振り返ろうとしたが、もちろん見えない。

「でも、そんなところにそんなものがあるなんて言われた事ない。背中の開いたドレスを着た事もあったのに」

「だが現にここにあるし、昨日今日できたもののようには見えない」

ソールが背中にくちづける。

「チハルが俺の運命だったんだ」

感極まったようなソールの声に千晴は困惑する。

だって、見えない。そんなものが本当にあるのだろうか？

でも、もしそれが本当なら――。

ソールが両手で腰を摑んだ。それから内臓が引きずり出されそうな勢いで太いモノが引き抜かれる。続いて、ぐん、と突き上げられて、千晴は大きすぎる衝撃に声にならない悲鳴を上げた。

「チハル――――チハル。俺のだ。俺の運命――――」

何度も何度も突き上げられる。千晴は必死にベッドカバーを握り締め、嵐のような行為に耐えた。

揺さぶられているうちに、徐々に実感が湧いてくる。

本当に俺はこの人のものになったんだ。

しかももしかしたら、仮初めではなく本当の恋人になれるかもしれない――？

言葉では言い表せないほどの悦びが込み上げていて、千晴はぐす、と鼻を鳴らした。苦しいせいではない涙がぽたぽたと落ち、カバーの色を変える。

+　+　+

翌朝、今日が週末でよかったと思いつつ、千晴はぐったりとソファに沈み込んでいた。

躯のあちこちが痛い。特に躯の芯には重く疼《うず》くような痛みが居座っていたが、冷蔵庫が空っぽで何も食べるものがない上、オニキスが心配すると言うので、千晴は時計屋に移動してきていた。

近所で本当によかったと千晴は思う。

ソールは今、キッチンで朝食の支度をしてくれている。

「アンヴィルさんと……しちゃった……」

しかも、ソールと呼べと言ってくれた。

俺、あの人のものになったんだ。

気怠《けだる》い幸福感に包まれ、千晴はソファの背凭れに懐く。

恋人なんて存在ができたのは初めてで、どうしたらいいのかよくわからない。ただ、あんまりベタベタしてうるさがられるのは厭だなと思う。千晴にはソールを見つめすぎて気持ち悪がられた前科もある。

「朝は別として……週何回くらい会いに来てもいいんだろう……」

「それは俺との事についてか？　何回だっていいに決まっている」

突然聞こえてきた声に、千晴は文字通り跳び上がった。

「ア……ア、アンヴィル、さん……」

「ソールだ」

ソールがテーブルの上にサラダを置いてソファに片膝を乗り上げ、縮こまっている千晴に顔を寄せる。

「ふわ……っ」

軽く唇に接吻され、千晴は目元を上気させた。

日本人ではないからだろうか。無骨な方だと思っていたソールのスマートでスイートな立ち居振る舞いに、千晴は翻弄《ほんろう》されっぱなしだ。

——反則だ、こんなの……！

初々し過ぎる反応に苦笑し、ソールがまたキッチンへと戻ってゆく。ソールがいなくなると、千晴はソファにぐったり横になってしまった。

そうしてテーブルの下の棚に何かあるのに気づく。

「あ、これ……？」

ソールの祖母がくれたのだという懐中時計だ。上蓋《うわぶた》に描かれた文様に覚えがある。こんなところに無造作に置いておいていいのだろうか。

布の張られたトレーの上に置かれていた懐中時計を、千晴は手に取ってみる。ぱちんと蓋を開けてみて、千晴は瞬いた。

「止まっている……？」

文字盤の上に影を落とす細い秒針は静止し、懐中時計は静寂に包まれている。

「それはもう、動かない」

低い落ち着いた声に、千晴は勢いよく背後を振り返った。ソールがミューズリーの箱とミルクをテーブルに置く。

「どうして？　この間、オーバーホールしてたのに。もう直らないんですか？　大切な品なんでしょう」

ソールが昔を懐かしむような淡い笑みを浮かべた。

「いいんだ。もっと大事なものが手に入った。それは置け。朝食にしよう。軀がつらくはないか？　俺の金糸雀」

「カ……カナリア……」

甘い声と恥ずかしい愛称に、千晴は絶句する。

どうしてそんな事を平然と口にできるのだろう！

食事の支度が整った事を察したのだろう、オニキスも居間にやってくる。彼にもミューズリーが与えられ、朝食が始まる。

恋人と初めて迎えた朝はあんまりにも甘酸っぱくて、千晴はいつの間にか壊れた懐中時計の事を忘れていた。

シェリー・トライフルのような日々

そうして千晴《ちはる》はソールの恋人になった
嬉しくて嬉しくてたまらなかったが、ソールはクールなところがあるからあんまりベタベタ纏《まと》わり付《つ》いたらうるさがられそうだ。程々の距離を保とうと千晴は思ったが、そんな心配りは不要だった。
仕事帰り、時計屋の前を素通りして帰ろうとすれば、必ずオニキスが引き留めに来る。夕食は当たり前のように千晴の分も用意されているし、食事を終えて辞そうとすれば用事でもあるのかと、まるで泊まるのが当然であるかのような言葉が降ってくる。
気がつけば千晴は、仕事以外の時間のほとんどを時計屋で過ごすようになっていた。

「……ん……」

週末の朝、目が覚めてもしばらくの間、千晴はぼーっとしていた。

あまり広くない部屋に据《す》えられた無骨なベッドの中はあたたかく、居心地がいい。ぬくぬくと惰眠を貪《むさぼ》りながら千晴は、上がけを鼻の上まで引き上げる。

ソールの匂いがした。

すん、と、鼻を鳴らし、千晴は顔を赤らめる。昨夜、何度も情熱的に求められた事を思い出してしまったのだ。

仕事がある日は遠慮してくれる代わりに、休前日のソールは獣と化す。激しい行為は、ソールの気持ちが確かにここにあるのだと実感できて、いい。

「夢を見ているみたいだ……」

ここはソールの寝室だった。壁際に置かれた椅子にかかっている衣類はソールのもの。今千晴が着ているパジャマの上もソールのものだ。

幸せを噛み締めていると扉が開きソールが顔を覗かせた。

「グッモーニン」

「あ……おはようございます、ソール」

千晴が起き上がると、ソールもベッドの縁に座った。片手を突いて軀を捻《ひね》り、ちゅっと千晴の唇を吸う。当たり前のように与えられる朝の挨拶《あいさつ》に、千晴はぽうっとなった。

無愛想ぶりは変わらないが、碧《みどり》の瞳の色はかつてより心なし柔らかい。

「朝食の準備ができている」

「ん……でもあとちょっとだけ……」

開いていた扉からふらふらと飛び込んできたオニキスが上がけの上に着地する。起きろとばかりに指を甘噛みされ、千晴は小さな額を指先でつついた。

「おはよう、オニキス」

オニキスに千晴を起こす役目を任せたソールが、キャビネットを開けて何やら捜し物を始める。

まだ夢見心地の千晴は、ふうと幸せな溜息をつくと目を瞑《つぶ》った。

「俺ね、ちょっと前までオニキスになりたいって思ってたんだ」

傾《かし》いでいたオニキスの頭が、反対側に傾げられる。

「そうしたらずっとソールの傍にいられるでしょう……？」

ごと、と何かが落ちる音がした。

オニキスがベッドから飛び降りる。

「オニキス？」

畳むのも面倒なのか、半分開いた翼を引きずりながらどこかへ行こうとするオニキスに首を傾げていると、ソールが落とした本を拾い、背筋を伸ばした。

「チハル」

怒ったような顔で見下ろされ、千晴は軀を硬くする。

「え？　あの、なに……？」

つかつかと歩み寄ると、ソールはいきなり肩を摑みくちづけた。重ねるだけの軽いキスではない。舌までずっぷり入れた熱烈なディープキスだ。

「んっ、ん――――っ」

千晴の頰にふわりと血の色が浮く。

散々に貪られ、ようやく解放された時にはもう、千晴はふにゃふにゃになってしまっていた。

「いきなり、何するんですか……？」

涙目で見つめられ、ソールは半眼になる。

「わからないのか？」

「？　何が、ですか？」

はあ、と溜息をつくソールに、千晴は不安そうな顔になる。

「ソール？」

「今すぐ起きて朝食を食べるのと、このまま俺に抱かれるのと。チハルはどっちを選ぶ？」

「お、お、起きます！」

まだ下肢が重いのにまたするなんて、無理だ。弾《はじ》かれたように起き上がった千晴の額にちゅ、とキスを落とし、ソールが立ち上がった。

「紅茶が冷める前においで」

「……はい」

服装を整えてから居間に行くと、ソールはいつものようにミルクティを用意していた。それからバゲットサンドと簡単なサラダが並んでいる。一口食べた千晴は、駅前のパン屋で買ってきたものだと気づいた。ソールはあまり料理が好きではないらしい。食事は出来合いのものを買ってくる事が多い。

オニキスはどこかへ遊びに行ってしまったのだろう、室内にはいない。千晴はソールと向かい合い、食事をする。

「そういえば昨日は随分大きな荷物を持ってきていたようだが、あれはなんだ」

堅いバゲットを一生懸命噛み千切ろうとしていた千晴が顎《あご》を休めた。

「壁掛け時計です。ソールに直してもらえないかと思って」

昨夜千晴は仕事帰りに家に寄り、預けてあった時計を持って帰ってきていた。

家には母の彼氏もいた。時々遊びに来ているらしい。いい関係を築いているようだったがやはり居辛いものがあるらしく、大学に入学したらそっちのマンションに移っては駄目かと妹に聞かれ、千晴は返事に窮した。

妹はソールの事を知ったらどう思うのだろう。まさかこんな事で悩む日が来るとは考えもしなかった。

「後で見てみよう。ところでこの間姉と電話で話したんだが――」

突然の家族の話題に千晴は戸惑った。

「え？　あの、お姉さんていう事は、英国まで国際電話をかけたんですか？」

「そうだ。チハルの話をしたら会いたいと言っていた。まとまった休暇が取れたら、一緒に英国に行かないか？　俺の一族に会いに」

思いがけない申し出に千晴は目を見開く。

「いいんですか？　俺は男なのに――」

「俺の故郷では同性婚は認められている。俺の一族は常に迫害されている者に寛大だ。皆、チハルを歓迎する」

「……本当に？」

おまえが俺の運命なのだとソールには言われたが、千晴はただ、恋人として付き合えればいいと思っていた。愛してもらえるだけで充分幸せだと。

だがソールは同性婚まで視野に入れているらしい。当たり前のように家族にもう千晴の事を話し、紹介したいとまで思ってくれていると知ったらなんだか胸がつまってしまい、千晴は食べかけのバゲットサンドを置いた。ソールが紅茶のおかわりを注いでくれる。

「それから、もし大丈夫なようならチハルの家族にも挨拶に行きたい」

「えっ」

「えって、なぜ驚く。俺たちは付き合っているんだぞ？」

「あ……すみません。そこまで深く考えているとは思わなくて」

ソールの目つきが険しくなったのに気がつき、千晴は慌てて言葉を足した。

「ソールの気持ちを軽く考えていた訳じゃないんです。その、日本ではまだまだ同性間の恋愛はマイナーというかいい印象がないから、俺はソールと一緒にいられるだけでいいと思っていただけで……」

家族に言う事なんて、考えてもみなかった。この想いが成就する訳がないと思いこんでいたせいもある。

「チハル。俺は十歳の時、祖母《グラン・マ》に占ってもらってからずっと定められた恋人と会う日を楽しみにしていた。子供の頃から一体どんな人なのか、出会ったら一緒にしてみたい事とか、ありとあらゆる夢想をしてきたんだ。その中には家族皆でクリスマスパーティーをしたり、子供を育てたりといった事も入っている」

「子供……」

「男でも問題ない。養子を取る事も考えていたからな。その場合は一族の皆がサポートしてくれる」

思いも及ばないところまでどんどん進んでいく話に、千晴はくらくらしてきた。

「俺の一族は全員が十歳の時に恋人について占われる。だから皆、大きくなるまでにたくさん考えるんだ。外国にいると言われたなら、その国の言葉を覚えておいた方がいいだろう、それならどこそこの学校に進学した方がいい、配偶者のビザをどうするか。国籍はどうするのがいいのか、職業選択は――」

呆然と話を聞いているうちに、千晴は一つだけ理解する。

真剣なのだ。

ソールは。

千晴が思っていたより何倍も。

「ご、ごめん、俺、何も考えていなかった。ソールと一緒にいられるだけで満足してしまって、その先の事なんて、何も――」

ふっと言葉が途切れる。ソールが困ったように苦笑する。

「……そうか。そうだろうな。だがこれから考えてくれ。俺はもうチハルを手放す気はない。俺たち一族はこれまで辿った歴史上、教会では式を挙《あ》げないが、結婚はするつもりでいる。今すぐとは言わないが、そのあたりも真剣に考えておいてくれ」

「わ……わかった……」

愛しげに頬を撫でられ千晴は涙ぐんだ。

嬉しい。

愛してもらえるだけで充分だと思っていたのに、こんなにも自分との事を真面目に考えてくれるなんて。

唇が塞《ふさ》がれ、優しく吸われる。

「すまない。やっぱりしたくなってしまった」

「ん……俺も……」

千晴は顔を赤くし、俯く。

ソールの腕が千晴の軀を囲った。強く抱き締められ、千晴はほっとして軀の力を抜く。ついでに逞しい肩口に頬を擦り寄せると、ソールが頭を撫でてくれた。

背骨の上を下方へと滑り下りた手が、シャツの裾《すそ》をたくし上げ尻の狭間へ忍び入ってくる。ぬく、と指を挿《い》れられ、千晴はソールのシャツを握り締めた。

「……あ」

「まだ柔らかいな。これならすぐ挿れられそうだ」

もじ、と千晴の肉の薄い腰が動く。

「……入れて……？　して、欲しい……」

「だが、週末のうちにしたい事が色々とあったんじゃないのか？」

耳元でぼそぼそと囁かれ、千晴は身震いした。低いソールの声は千晴の欲を否応もなく昂らせる。

「いいんです。それよりソールとしたい……」

確かに掃除や洗濯を片づけるつもりでいたが、今はソールに抱いてもらいたかった。

「ここに来い」

ソールがジーンズの前を緩めながら、膝《ひざ》の上に跨《また》がるよう、千晴を手招く。

千晴は手早くハーフカーゴパンツを脱ぎ捨て、ソファに膝を突いた。待てないとばかりに伸びてきた腕に引き寄せられ、屹立《きつりつ》が擦り合わされる。

「……あ」

千晴が狼狽《ろうばい》し、ちろり、とソールの顔を見上げると、唇を吸われた。

千晴は両手でソールの首に縋《すが》り、腰を揺する。そうやって自分のモノをソールのモノに擦りつける。

——気持ち、いい。

淫猥《いんわい》な感触に、じわじわと熱が上がってゆく。

「あ……あ……あ、ソール……好き」

たまらなくなってしまい告白すると、ソールが小さく笑った。

「知っている」

「この手も……唇も、麦穂色の髪も、全部、すごくすごく好き、です……」

真っ白なカットソーがたくし上げられ、千晴は喘《あえ》いだ。ソールが胸元にくちづけてくる。

「俺も愛している」

ソファの上で軀を揺らし、ゆっくりとお互いの興奮を育ててゆく。

「ムナカタと会った時の事を覚えているか？」

「え……」

「あの時、俺はチハルを助けに行ったんだ。それなのにチハルは俺に縋《すが》るどころか、俺を守ろうとした。——青い顔をしていたくせに」

掌で太腿《ふともも》を撫で上げられ、千晴は喘ぐ。

「ドレスがどんなに似合っても、おまえはか弱いお姫様なんかじゃない。ちゃんと己の裡《うち》に曲がらないものを持っている雄だ」

ぐいと腰を引き寄せられ、千晴は小さな悲鳴を上げた。膨れ上がったソールの切っ先が、熟《う》れた肉の狭間へとねじこまれようとしている。

「おまえは弱いのに強い。そこが……いい」

「ああ……」

ソールの肩を摑む指が震えた。

太いモノが奥へ奥へと入ってゆく。

ぴっちりと包み込む肉を擦り上げながら入ってくる肉塊の生々しさに、千晴は唇を嚙んだ。

熱い。

ソールを呑み込んだ場所が脈打っている。

「は――――、は――――」

ソールのシャツを握り締め、必死で息をする千晴の頰をソールが撫でた。

「チハル？　挿れただけで気持ちよくなってしまったのか？」

「ん……っ、うん……気持ち、いい……です。ソールがここにいるって感じるだけで、なんだか……」

たまらないものがある。

ソールの指先が千晴に悪戯《いたずら》をし始める。羽毛が撫でるように軽く乳首を撫でたり、硬く反《そ》り返《かえ》った屹立を摘《つま》んだり。

ごく些細《ささい》な刺激に、千晴はびくびくと震え反応した。

「あ……あ……っ、ソール……っ」

ソールを包む肉がきゅうっと収縮し、千晴は真っ赤になる。

臆面もなく愛撫《あいぶ》をねだろうとする己の軀の淫乱さに恥じ入り、震えている千晴の頰を、ソールが撫でた。

「恥ずかしいのか？　チハルは本当に可愛いな」

……可愛いって誰の事？

自惚《うぬぼ》れてはいけないと、千晴はきゅっと目を瞑った。茹《ゆ》で蛸《だこ》のようになった顔をぶんぶん振る。

「だが、たまには最初の時のように無我夢中で俺を求めてくれるチハルも見たい」

「最初の、時……？」

愛しい恋人からのおねだりに、千晴は首を傾げた。初めての時、自分は何か特別な事をしただろうか。

「欲しいと言って、跨がろうとしただろう？」

――――え。

一気に頭に血が上り、ぽんと音を立てて破裂してしまいそうになった。

ソールを呑み込んだまま、千晴はわたわたと手を振り回す。

「あ、あれはそのっ、わざとじゃなくて！　俺、不器用だから、色々いっぱいいっぱいになると頭の中が真っ白になって、まともな判断力がなくなってしまって……！」

何もかもがどうでもよくなってしまって、投げ出してしまうのだ。もうなんでもいいや、と。

「頭の中がいっぱいになるくらい、追いつめればいいのか？」

「え……ええ⁉」

腰を両手で掴んで持ち上げられ、ペニスが抜かれた。挿れただけでまだ何もしていないのにと涙目になった千晴を、ソールがソファに押し倒す。

舌と唇と指先が、千晴の皮膚の表面を這い回る。

犯されるのを待ちわびている、すっかり熟れた蕾《つぼみ》の周りや、反り返った腰のライン。

つんと尖《とが》った乳首を摘まみながらうなじを噛まれ、太腿の内側を舐《な》め上《あ》げられ、千晴は泣きそうになる。

ソールは肝心なところに触ってくれない。

ソールを欲しがって中が熱く疼いているのに。

はち切れんばかりに充血したペニスが、蜜でしとどに濡れているのに。

——おかしく、なりそう……。

ぐいと足首を掴んで持ち上げられ、膝の裏の窪《くぼ》んだ場所を舐められる。

「あ……や……っ」

たまらない快感に千晴が全身をわななかせた時、後ろの窄《すぼ》まりに何かが押し当てられた。

「冷た……っ、な、何……っ」

ソールがそれを自分の中に押し込もうとしている事に気がつき、千晴は抵抗しようとする。だが太腿の内側の柔らかい肉を噛まれたら、あっけなく力が抜けてしまった。

「心配はいらない。ただの石だ。魔除けのクリスタル。集中したい時に握り締めたりする」

「あ……、そんな、奥に、押し込んだら……っ」

つるりと中に入ってしまった重い球体を、ソールは指で更に深い場所へと呑み込ませた。一番欲情している時のソールの太さに匹敵する球体が、千晴の中を蹂躙《じゅうりん》してゆく。

弾力性のない無機質な塊が与える刺激の強さに、千晴は唇を噛んだ。

めちゃくちゃ、あたってる。

「や、い、やだ……っ」

「もう入ってしまった。ほら」

千晴を熟知した指先がもっとも弱い場所にそれを置き去りにして出てゆく。ソールとは違うずしりとした存在感が千晴の中に確かにある。

「出して……。厭《いや》だ、取って。お願い……」

「ベッドに行こうか、チハル」

一刻も早く取ってほしいのに、ソールがソファを軋《きし》ませ立ち上がる。

ベッド……？　そこまで行けば取ってくれるのだろうか。

のろのろと起き上がろうとして、千晴は息を呑んだ。少しでも腹に力を入れようとすると、クリスタルを締めつけてしまう。きつくなった内壁に異物が食い込んで――じいんと中が痺《しび》れる。

「――はっ」

ソファから脚を下ろしたところで千晴は一旦動きを止め、喘いだ。

どうしよう。感じてしまって、ベッドまでなんかとても歩けそうにない。

「チハル、ほら、早く」

「ひゃ……っ」

腕を取られて引っ張られ、千晴はソールの胸に倒れ込んだ。

ごり、とクリスタルが悦《い》い場所に当たり、腰が砕けそうになる。

「チハルの顔、今にも蕩《とろ》けそうになっているのがよくわかる」

「ば……ばか……っ」

肘《ひじ》を取り、歩かされる。一歩毎にソコが刺激され、千晴はがくがく膝を震わせた。

千晴を簡単に抱き上げられるだけの腕力がソールにはある。以前高いヒールのせいで思うように歩けなかった時に抱き上げてくれた事を千晴ははっきりと覚えている。なのに今は意地悪く千晴をベッドに引き立ててゆくだけ。助ける素振りもない。

わざとだ。

ソールはわざと千晴を苛《いじ》めているのだ。

千晴は指が震えるほど強くソールのシャツを握り締め、唇を噛んだ。

感じ入った屹立からつうと透明な蜜が垂れる。

一歩踏み出す度、甘い痺れが脳天まで突き抜けるような気がした。今にも達してしまいそう。だけどこんな無機質な物体になどイかされたくない。

ようやく居間から寝室に入り、千晴は涙の浮かんだ目で、寝乱れたままのベッドを見つめた。

「ソールぅ……」

ん？　とソールが低い喉声で応える。

「も、いい加減に……っ」

上擦った声でねだる千晴にソールはわからない振りをした。

「いい加減に、なんだ？　これだけでは物足りないか？　ではこんなのは、どうだ？」

ソールの瞳が奇妙な色を帯《お》びる。

何をどうしたのか、わからなかった。イイ場所をごりごり刺激しているモノが熱を増す。灼熱の塊となってますます千晴を狂わせようとする――。

――イイ。すごく。

でも、つらい。

じりじりと圧力が高まってゆく。

一体いつまで弄《もてあそ》ぶ気なんだろう。もう厭だ――と思った刹那、ぱん、と音を立てて理性とか羞恥《しゅうち》とか、千晴を縛りつけていたものが全部弾《はじ》け飛《と》んだ。

千晴は全体重をかけて、ソールを突き飛ばした。ベッドに仰向けに倒れ込んだソールの上に馬乗りになり、着ていたシャツを引き裂く。ぶち、と音を立てて釦《ぼたん》が飛んだ。男らしい凹凸で覆われた、ソールの胸から腹が剝き出しになる。

「チハル……っ⁉」

千晴は舌なめずりすると、ソールの両手首を摑んで押さえつけた。抵抗を封じてから、唇を唇で覆う。

飢えた獣のように、千晴はソールを貪った。そうしながら腹に力を込める。

「う、ン――」

大きな塊を排泄《はいせつ》しようと力むと、より強く自身の奥が収縮する。

己を責める結果となり、腰をひくつかせたものの、千晴は諦《あきら》めない。絶え間なく鼻声を漏らし腰をうねらせながら、少しずつクリスタルを押し出してゆく。

ぽとりとソールの腹に透明な球体が落ちると同時に、千晴は全身をわななかせた。

白濁が飛び散り、ソールの肌と服を汚す。

「はう、ん……っ」

はあはあと千晴は喘ぐ。

腰が怠い。

もう寝てしまいたいような疲労感を覚えたが、まだ下準備を終えただけ。これからが本番だ。

「チハル……」

ごそりと、シーツとシャツが擦れる音がする。

ようやくくちづけから解放されたソールが心配そうに呟き、起き上がろうとした。だが千晴は無言でソールの肩を押し戻す。

汗で湿った髪を後ろへと掻き上げ、剝かれかけた姿の恋人を気怠げに見下ろすと、ソールがこくりと喉を鳴らした。

「動くなって。よーやくあんたの事、食べられるようになったんだ……」

のろのろと着ていたシャツを脱ぎ捨て、全裸になる。それから腰を浮かせ、千晴はソールの先端に尻の狭間を擦りつけた。

「ン……」

眉間に悩ましげな皺《しわ》を寄せて位置を調節し、ソールの上に自ら腰を落としてゆく。

「大丈夫か、チハル」

ソールが慌てて起き上がり、千晴の腰に手を添えた。千晴は淫蕩《いんとう》に笑み、ソールの腕に縋って雄々しい屹立をずっぷりと根本まで呑み込んだ。

球形の異物で散々にいたぶられた千晴の中はすっかり柔らかくなっている。苦痛もなくソールの腰の上に座り込み千晴は満足げな溜息をつく。

「やっぱり、こっちの方がいい」

「チハル……っ！」

ソールが千晴にくちづける。鼻のてっぺんや頬や唇、耳の下まで吸われ、千晴はくすくすと放《ほう》埒《らつ》な笑い声を漏らした。

両手をソールの肩に添え、膝に力を入れる。そろそろと腰を動かすと、ずる、と中でソールの位置が変わった。それだけでぞくぞくっとたまらない快感が全身に広がり、千晴は喘ぐ。

「ん……」

あったかい。

熱くて硬いソール自身の熱が、千晴を汗ばませる。

ぎこちなく腰を揺すり、千晴は己の快感を探った。イイ場所に擦りつけるように、腰を回転させる。

「は……っ、うン……っ」

「チハル、俺も動いていいか？」

されるままでは我慢できなくなったのだろう、軀の芯まで疼くような声で伺いを立てられ、千晴は小さく頷いた。

「ん……動けよ。奥までソールに、ずんって突かれたい……」

「この唇で命令されるのは……確かにたまらないものがあるな」

ソールの指先が震える唇をなぞる。

そんな刺激にすら潤《うる》んだ瞳でソールを見つめた。

「では体勢を変えるぞ」

繋がったままひょいと押し倒され、甘い悲鳴が上がる。動いた拍子に思わぬ場所を抉《えぐ》られてしまったせいだ。

言葉もなく震えている千晴の頬に、ソールがくちづけた。

「すまない。痛かったか？」

「いや……。すごく、気持ちよかった。もっとだ。もっと欲しい……」

腰が強く掴まれる。勢いよく突き上げられ、細い躯が弓なりに反り返った。

「ん…………っ！」

たった一度突かれただけなのに、イきそうになる。気が遠くなりそうなくらい、いい。

「チハル？　大丈夫か？　中がびくびく波打っているぞ」

「仕方、ない、だろ……っ、滅茶苦茶気持ちいいんだから……っ。もっとしろよ、ソール。俺を死ぬほど感じさせて、俺の中をあんたでいっぱいにしろ」

ソールが唇を舐めた。碧の瞳が獣欲に煙《けぶ》る。

躯の中に埋め込まれたモノが大きさを増したような気がして千晴は身じろいだ。

「あ、ソール……？」

「やめろと言われてももう止められないぞ。俺の金糸雀《カナリア》」

太いモノがぐいと引かれる。抜けてしまう寸前で一度止まり、奥まで一気に突き上げる。

「ああ……っ！」

いい…………！

千晴は頭を仰《の》け反《ぞ》らせ、きゅうきゅうとソールを締めつけた。

抱かれる悦《よろこ》びに全身が歓喜している。千晴は軀の力を抜き、ソールに全てを委《ゆだ》ねた。

何も期待しまいと心に決め、ただソールを眺めていた頃の事が遠い昔の事のように思えた。

今、ソールは目の前にいる。両腕で大切そうに千晴を掻き抱き、脇目もふらず猛《たけ》ったモノで愛してくれている。

汗で濡れた麦穂色の髪も、自分とはまるで違う筋肉質の軀も眩しく感じられるほどに愛しい。

いくらでも傍にいていいと言ってくれて嬉しかった。

事ある毎に与えられるキスに酔わされ、千晴はいつも夢見心地だ。

ソールがまっすぐに自分を見つめ、微笑み、俺の金糸雀と呼んでくれる。これ以上の幸せがこの世にあるだろうか。

ひくんと腰を震わせ、千晴はソールの背中に爪を立てた。

きつく瞑った目の奥がちかちかと明滅し、星が飛ぶ。再び精を吐き出し、千晴は恍惚《こうこつ》とした。

いつまでもこの人の金糸雀でいたい。

こめかみに押し当てられる唇に微笑み、千晴は満足げな吐息をつく。

＋　＋　＋

「何見ているの、お兄ちゃん」

背後からひょいと覗き込まれ、千晴は少し顔を赤くした。

携帯の画面にはソールに撮ってもらった『金糸雀』が表示されている。ソールと肌を重ねるうちに金糸雀は上気した時しか浮かび上がってこない事がわかった。普段は注意深く見ても見落とすほど薄い。

「俺の背中にこういう疵《きず》があるって、里穂子《りほこ》、知っていた？」

「どこにあるの？」

「背中。肩胛骨《けんこうこつ》のこの辺り」

指で示そうとしたら、肩を攣《つ》りそうになってしまい、千晴は慌てて体勢を元に戻した。

「お兄ちゃんの裸なんてそうまじまじと見ないから。でもちょっと面白い形ね」

「まあ、まだそれ残っていたの？」

「母さんは知っていたの？　これの事」

「知ってるわよ。それはあなたが赤ちゃんの時の火傷《やけど》の痕。お台所をしている時、いきなり足に抱きつかれて、油を飛ばしてしまったの」

母が紅茶を盆に載せ運んできてくれる。向かいの席には母の恋人もいて、母が焼いたケーキを切り分けようとしていた。籍を入れたところで幼い子供ではないのだからお父さんと呼ぶ気はないが、新しい家族の一員として妹も千晴も彼の存在に馴染《なじ》みつつある。

「火傷の痕だったのか……」

「てゆーか。お兄ちゃん、その疵、誰が見つけてくれたのかなー？　自分じゃ見えないよね？写真だって自分じゃ撮れないだろうし！　もしかして、彼女？」

「う……」

思わず携帯を閉じると、母も千晴の隣に座りにっこりと微笑んだ。

「私も気になっていたのよね。千晴、その指輪、どうしたの？」

これまでアクセサリになど一度も興味を示した事のなかった千晴が純銀の指輪をしている事に、母はとうに気がついていたようだ。

魔除けになるからと、ソールがくれた指輪。もちろんソールも揃いの指輪を嵌《は》めている。

結婚まで考えているとソールが話してくれた時、千晴も覚悟を決めていた。男同士だからといって後ろめたく思ったりしない。ちゃんと家族にも話そうと。きっと驚かれるだろうし、すんなりとは認めてくれないかもしれないが、千晴は信じている。自分の家族がソールを受《う》け容《い》れてくれない訳がないと。

既に壁にはソールに修理してもらった振り子時計がかかっている。聞けば祖父の時代にはもう家にあったのだというその振り子時計は、独製の骨董品《こっとうひん》らしい。かちこちと振り子が揺れる音が耳に心地いい。

この時計のように、千晴たちも着実に時を刻んでゆく。家族を増やして、ソールと二人で未来を見据え、一歩一歩進んで。壊れたら、直せばいい。

利口な顔をして最初から諦めるなんて馬鹿な事はもうしない。千晴は無意識に指輪を指先で探った。大きく息を吸い込んで、唇を開く。

POSTSCRIPT

KANO NARUSE

こんにちは、成瀬かのです。

晴れているのに、ひっきりなしに雷が鳴っている中、これを書いています。何事もなく書き上げられるか、どきどきです。


今回は主要な登場人物全員がちょっと普通でないお話です。

最初に魔法使いっぽいものを書きたいな〜と思った時は、使い魔に鴉を従えた、クールでスタイリッシュな話を！　と思っていたはずなのですが、プロット立てたら既に色々と変な方向にねじまがってしまってました。

……おかしいな。


鳥と言えば、ちょうどこの本の原稿を書いていた頃に近所の駅で、腕にふくろうを止まらせた人とすれ違い、びっくりしました。猛禽との

http://karen.saiin.net/~shocola/dd/dd.html
ひみつの、はなぞの。:成瀬かの公式サイト

暮らしには、実際には大変な事が色々あるのでしょうが憧れます。


挿絵を描いてくださった小椋ムク様、ありがとうございました。キャララフいただいた時点でもうテンションMAXです！　ソールはかっこいいし、千晴は可愛い！

表紙や本文のラフもどれも素敵で、一枚に絞るのがつらかったです。全部選びたかった！

編集様やこの本に関わってくださったすべての方に感謝を。何より、この本を買ってくださった皆々様、ありがとうございました！

また次の本でお会いできる事を祈りつつ。

成瀬かの

SHY NOVELS

何も言えない僕と懐中時計と恋の魔法

SHY NOVELS321

成瀬かの 著

KANO NARUSE

ファンレターの宛先

〒101-0065 東京都千代田区西神田3-3-9 大洋ビル3F
(株)大洋図書SHY NOVELS編集部
「成瀬かの先生」「小椋ムク先生」係

皆様のお便りをお待ちしております。

初版第一刷2014年8月5日

発行者	山田章博
発行所	株式会社大洋図書 〒101-0065 東京都千代田区西神田3-3-9 大洋ビル 電話 03-3263-2424(代表) 〒101-0065 東京都千代田区西神田3-3-9 大洋ビル3F 電話 03-3556-1352(編集)
イラスト	小椋ムク
デザイン	川谷デザイン
カラー印刷	大日本印刷株式会社
本文印刷	株式会社暁印刷
製本	株式会社暁印刷

ISBN978-4-8130-1289-4

原稿募集

**ボーイズラブをテーマにした
オリジナリティのある
小説を募集しています。**

【応募資格】

・商業誌未発表の作品を募集しております。
（同人誌不可）

【応募原稿枚数】

・43文字×16行の縦書き原稿150—200枚
（ワープロ原稿可。鉛筆書き不可）

【応募要項】

・応募原稿の一枚目に住所、氏名、年齢、電話番号、ペンネーム、略歴を添付して下さい。それとは別に400-800字以内であらすじを添付下さい。
・原稿は右端をとめ、通し番号を入れて下さい。
・優れた作品は、当社よりノベルスとして発行致します。その際、当社規定の印税をお支払い致します。
・応募原稿は返却いたしません。必要な方はコピーをおとりの上、ご応募下さい。
・採用させていただく方にのみ、原稿到着後3ヶ月以内にご連絡致します。また、応募いただきました原稿について、お電話でのお問い合わせは受け付けておりませんので、あらかじめご了承下さい。

【送り先】

〒101-0065
東京都千代田区西神田
3-3-9 大洋ビル3F
(株)大洋図書
SHYノベルス原稿募集係